Maxime-Olivier Moutier

Potence Machine

récits

La réalisation de cet ouvrage a été rendue possible grâce à des subventions du ministère de la Culture du Québec et du Conseil des Arts du Canada.

Mise en pages : Constance Havard
Maquette de la couverture : Raymond Martin
Illustration : Jérôme Bosch, *Le portement de croix*
Distribution :

Canada	**Europe francophone**
Diffusion Prologue	Librairie du Québec
1650, boul. Louis-Bertrand	30, rue Gay Lussac
Boisbriand (Québec)	75005 Paris
J7E 4H4	France
Tél. : (514) 434-0306	Tél. : (1) 43 54 49 02
Téléc. : (514) 434-2627	Téléc. : (1) 43 54 39 15

Dépôt légal : B.N.Q. et B.N.C., 2ᵉ trimestre 1996
ISBN : 2-89031-236-4
Imprimé au Canada

Maxime-Olivier Moutier

Potence Machine

récits

Triptyque

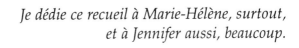

*Je dédie ce recueil à Marie-Hélène, surtout,
et à Jennifer aussi, beaucoup.*

AUTOPORTRAIT

Généralement, je me sens un peu comme on se sent quand on fait partie d'un public qui ne rit pas aux bonnes places. En fait, je suis de ceux qui ne sont rien. C'est pas peu de chose. On me colle peut-être, parfois, quelques adjectifs, mais je ne sais pourquoi, j'ai l'étrange impression de leur rester distant. Sans cela, je ne suis rien.

Bien sûr, j'ai rencontré des tas de gens. Des femmes surtout, mais qui ne m'ont rien laissé. J'ai consommé pas mal de drogues, même les dures. J'ai tué un chat pour le manger, j'ai fait pleurer des enfants et j'ai fait jouir des hommes plus forts que moi. Je possède aussi quelques rêves dont je n'ai pas du tout l'intention de vous parler en ce moment, mais n'allez pas croire que je manque d'intuition pour autant. Je suis allé marcher sur tous les toits de la rue Wellington. J'ai le vertige. Je ne sais pas siffler, ni claquer des doigts, ni nager et je n'ai réussi à tenir sur un vélo qu'à l'âge de quatorze ans. Je suis resté plus de quatre jours sans dormir, avec un copain. On m'a fait participer à des orgies. Je garde pourtant espoir de ne pas en avoir l'air. J'ai violé des plus jeunes, couru devant leurs parents, caché des cadavres pour de l'argent. Mon père a refusé de venir payer ma caution afin que je dorme en prison et que ça m'apprenne les choses de la vie.

Je ne parle pas souvent de moi. La moitié de ma vie, je l'ai passée à faire plaisir à ceux qui m'aimaient. Je n'ai pas souffert, sauf lorsque j'ai entendu la voix de Satan sous mes couvertures, avant-hier soir. Il y a des dizaines de filles qui m'ont frappé, fait des coups vaches, volé des photos et, parmi elles, il y en a, je vous jure, qui m'aimaient. Aujourd'hui, je comprends mieux mes torts. C'est pour cette raison que je garde toujours une corde dans mon tiroir de chevet.

Ma tranquillité m'a permis de lire pas mal de livres; j'ai oublié les titres. Je ne suis pas du tout quelqu'un d'intelligent. Les antidépresseurs, avec de l'alcool, m'ont, paraît-il, redonné un certain charme. J'ai donc réussi à me trouver une douce copine qui me fait des choses gratuitement. Elle les faisait aussi à d'autres avant moi, mais à ceux-là, elle leur demandait du retour. Pas à moi. C'est un peu ce qui rend particulière notre relation. Physiquement, je ressemble aux imbéciles du centre-ville qui se prennent pour des artistes. La personne que je trimbale, du matin au soir, n'inspire guère la pitié. Ma douce copine n'a pas grand-chose à aimer, je vous assure: je me lève tard, ne fais jamais la vaisselle, laisse traîner ma prothèse, me rase aux semaines et, en plus, sa famille me déteste. Ma copine fait semblant de m'aimer parce que ça lui rappelle des souvenirs. Je ne dors pas assez. C'est pour ça qu'elle me trouve beau, beau et inquiétant. Je l'ai souvent entendue, derrière la porte, rêver à des types qui seraient plus tendres envers elle. Je n'ose pas lui en parler.

Il ne me reste plus rien. Peu à peu, je me calme. Je ne veux plus avoir de sang empourpré sur mes poings fermés, alors je laisse aller, râle un peu, boude une heure ou deux et puis j'oublie. J'ai de plus en plus de mal à respirer. L'attitude de mon amoureuse me pince le cœur. Je n'irai plus au cinéma, ferai comme s'il ne s'était jamais rien passé. Et vous écrirai, promis, quand j'aurai réussi à me confondre avec tout ce qu'on dit à mon sujet.

Un train traverse la région

Tout près de chez moi, il y a une voie ferrée. Elle est juste en bas de la côte, là, derrière les petits arbres. Quand un train passe, peut-être trois ou quatre fois par jour (une ou deux fois la nuit aussi), on sent le plancher du salon vibrer un petit peu. Comme dans les romans de Zola. Les soirs où je n'entends pas le train, j'angoisse. Il y a un train qui ponctue ma vie. Je me suis habitué à lui: son bruit, l'air qu'il déplace dans tout le quartier, les choses qu'il dérange, les souvenirs qu'il rappelle. Je le sais là. Sérieux. Un peu débile; parce que j'ai tendance à trouver qu'un train a l'air plutôt niais à côté d'un avion. Débile, mais correct, pareil à un trisomique. Il y a un train trisomique qui traverse la région.

Sur la cigarette de Marie-Hélène, son rouge à lèvres. C'est toute mon existence qui est en jeu. Elle me dit de la baiser, puis de la marier. Puis elle tire un coup sur le mégot. Elle se fout du reste. Elle est très féminine. Je ne l'ai pas encore mariée. Si je ne le fais pas, ce sera le train. Il n'y a pas une journée qui passe sans que le train en fasse autant. Toutes les fois où je pense à me coucher sous lui, je pense aussi à Marie-Hélène. Je voudrais bien l'emmener avec moi. Elle, elle voudrait bien me rassurer. Tout en fichant le bordel dans mon appartement, elle croit que le train va me manquer.

J'attends le courrier. J'attends souvent quelque chose, n'importe quoi. J'attends qu'on me téléphone. J'attends que les enfants sortent de l'école d'en face, pour la récréation. J'attends la neige, que les heures passent, que l'eau bouille, que les pâtes cuisent. J'attends des nouvelles d'ailleurs, l'impression d'un là-bas, l'intuition qu'il va y avoir de l'orage. J'attends de rentrer. J'impatiente à l'idée que Marie-Hélène ne rentre pas. J'attends qu'elle me trompe. Il y a même des fois où je suis conscient d'attendre, sans trop savoir quoi. J'attends d'entendre le train. Lui, il me passera peut-être dessus, mais il ne me laissera jamais tomber.

J'ai le choix. Devenir un génie (figurez-vous que j'ai les préalables, et je m'en branle si ça vous fait chier!), marier Marie-Hélène ou m'éparpiller sous le train. On ne rigole plus. Le premier nécessite beaucoup d'effort. Le deuxième, un peu moins: il m'apporterait du réconfort, plus d'amis, et des enfants à la maison. Quant au troisième choix, c'est une solitude assurée avec une paix à la fin de vos jours. C'est l'orgasme anticipé. La mort tout près de chez vous. Et plus de déclarations d'impôts au début de chaque année. Le troisième, c'est un bout de champ, le bout du

14

bout, celui-là même qui porte des centaines de corps en terre, une terre qui a la santé. Un champ à forer dans trois millions d'années, pour le pétrole. Une page blanche.

GENEVIÈVE

C'était au temps où je buvais de la bière dans un verre à rhum. Je fréquentais des endroits mal famés, oubliais souvent de me lever pour aller à mes cours. Le printemps se faisait attendre, le mois de mars n'en finissait plus de nous envoyer des tempêtes de neige. C'était au temps où il y avait des femmes à n'en plus savoir quoi faire, sept jours sur sept, dans tous les bars du centre-ville. L'une d'entre elles s'était pointée chez moi, du jour au lendemain, sans même prévenir mes voisins de sa venue dans le secteur. C'était une grande brune, trois centimètres de plus que moi, avec des yeux foncés et un gros sac à dos.

Elle était entrée à dix-sept ans dans les Forces armées canadiennes et, faute d'ennemi, s'était mise à me faire la guerre dans mon propre salon. Souvent, le matin, il y avait des sacs de sable disposés aux endroits stratégiques de mon appartement. Geneviève avait creusé des tranchées partout, déplacé mes meubles, calfeutré mes fenêtres. Elle n'avait plus qu'à attendre que je sorte du lit pour en finir avec moi. Je n'avais rien à dire. J'étais je ne savais plus où, au Viêt-nam, au Koweit. Peu importe, elle, elle le savait.

Une femme virile, qui vous fait écoper du pire lorsque vous êtes un homme. Elle conduisait une Cavalier Z24, plus vite que ne lui permettaient la gravité et la friction. À côté d'elle, je me sentais parfois plus bas que les miettes du plancher. C'était ce qu'elle souhaitait, mais elle faisait mine de ne pas s'en apercevoir. Elle restait pourtant là avec moi, me téléphonait souvent, me fixait des rendez-vous. On s'est vu tous les jours durant presque dix jours. Elle arrivait chez moi avec sa chemise de combat et ses grosses bottes, et je me sentais en sécurité. Sans me regarder, elle jetait tous ses trucs au milieu de la cuisine, son énorme manteau kaki plein de compartiments, sa trousse de premiers soins, puis retirait son béret. Moi, j'attendais les grenades, la ceinture de munitions et les revolvers. J'oubliais souvent que nous n'étions pas encore en pleine occupation ennemie. Elle faisait semblant d'être à l'aise, s'asseyait sur une chaise, s'allumait une cigarette et osait finalement me regarder. J'avais alors droit à un court sourire.

Geneviève était un gros morceau, une femme gigantesque avec les plus beaux seins de toute la galaxie. Il me fallait jouer brillamment, il va sans dire, si je ne souhaitais pas me briser les crocs sur cette affaire. Je sentais que cherchait à poindre derrière elle une certaine féminité, mais son sérieux de soldate l'en empêchait avec obstination. C'était là-dessus que j'allais me concentrer.

Comme bien d'autres femmes, l'engagée Geneviève s'était donné la mission de me faire perdre confiance. Elle était justement entraînée pour ça. Ses manœuvres nocturnes et ses tactiques matinales étaient d'ailleurs tout ce qu'il y avait de plus moderne. Difficile pour moi de ne pas céder. Surtout que sa stratégie avait fait ses preuves sur plusieurs autres victimes. Toujours avec beaucoup de succès. Il me fallait pourtant la retourner, en faire une femme soumise et docile. J'en avais l'habitude. J'étais souvent surpris, étonné même, mais je conservais tout mon sang-froid. Et comptais lui en mettre à mon tour plein la vue.

Geneviève ne me faisait jamais de compliments. C'est ainsi qu'elle avait mené sa première offensive. Elle avait donc oublié à quelques reprises de me dire si j'embrassais bien. Ses nombreux oublis m'avaient rendu tout petit, sans que je comprenne quoi que ce soit au paradoxe. Je sortais avec une militaire qui me rendait tout le temps coupable, parfois à tel point que cela me faisait perdre l'envie de l'impressionner.

À l'en croire, elle se foutait bien de dormir seule. Elle m'expliqua aussi que, dans son cas, on n'avait pas besoin des hommes. Quand on a un fusil, on n'a pas besoin des autres. L'assurance de Geneviève dissimulait selon moi une évidente fragilité. Je la laissais donc parler, sans me ruer, ne désapprouvais que très rarement (comme il faut faire quand on est un homme), lui préparais des petites gâteries et du café. J'avais ainsi, tranquillement, développé et gagné sa confiance.

Au bout d'un certain temps, Geneviève s'était gentiment ramollie. Elle venait ici de plus en plus souvent, s'invitait à souper, restait à dormir. Elle venait ici pour se détendre, parce qu'elle s'y sentait bien et parce que chez moi, on ne risquait pas de se faire tuer. Nous étions en terrain neutre. Je la laissais s'abandonner. Je la laissais boire aussi, tout mon vin, sans commentaire. De moins en moins, elle cherchait à plaire. J'avais été choisi pour être le «premier conseiller en chef» de sa division, et devais me compter privilégié. La musique que je collectionnais, ma voix, mes idéaux et mes projets me présentaient à elle avec les mots qu'il faut pour fasciner.

Sous ses cheveux longs coiffés sans manières, Geneviève faisait toujours mine de comprendre où je voulais en venir. Et peu à peu, elle s'est mise à m'admirer, pour ce que je faisais et ce que je voulais faire.

La guerre prit fin un après-midi, en plein mois d'avril. J'avais entre-temps repris confiance en moi. Je menais une vie assez déraisonnée. Je savais désormais que jamais je n'allais pouvoir rendre à Geneviève tout ce qu'elle m'offrait depuis peu. Je la faisais rire et, en retour, j'avais la présence de toute une femme dans ma vie. C'était beaucoup, à mes yeux. Sans que cela paraisse trop, Geneviève s'était clandestinement mise à m'aimer.

J'appréciais la douceur qui se cachait sous ses airs de femme dure. C'est en partie pour cette raison que j'ai fini par l'égorger. En fait, je ne l'ai pas vraiment égorgée. Je l'ai tuée, d'abord en l'assommant, et après seulement, j'ai pratiqué une petite incision au niveau d'une des veines jugulaires. Je l'ai soigneusement vidée de son sang pour ensuite la suspendre la tête en bas, dans le sous-sol de l'immeuble. J'y avais accès par une toute petite porte par laquelle personne n'avait plus passé depuis au moins cinquante ans. Je travaillais la nuit, pour ne pas éveiller les soupçons. La préparation de son cadavre m'a demandé plus de temps que prévu. Mais je voulais quelque chose de bien fait, et surtout, une peau tendre et parfaitement bien conservée. J'ai terminé de vider la dépouille seulement deux mois plus tard, en raison d'une fin de session complètement délirante à l'université. En-suite, il m'a suffi de placer de la paille bien tassée à l'intérieur pour qu'elle retrouve tout son aspect d'a-vant. Sous la colonne vertébrale, j'ai fabriqué une délicate charpente de métal soudée à la mesure de l'ossature, afin que Geneviève puisse rester debout dans un coin de mon salon, sans s'affaisser au moin-dre claquement de porte. Il ne me restait plus qu'à la rhabiller pour qu'elle soit authentiquement fixée à ce moment de sa vie, quand l'effervescence de la femme éblouie rejoint l'inappliqué de la passion qui cherche à naître enfin, pour ne jamais tarir, juste avant d'avoir commencé à aimer. Figée au sommet de sa volupté, c'est là qu'elle était la plus belle.

LE SOURIRE DE JENNIFER

Le sourire de Jennifer collait parfaitement à mon univers. J'en ai fait tout ce que j'ai voulu. C'est pour cela que je me suis rapproché d'elle. C'est aussi pour cette raison qu'un jour j'ai dû m'en détacher. Elle était en tout point devenue comme moi. Je l'ai quittée. Nous étions si jeunes. Je n'ai ensuite plus eu de nouvelles.

On s'est finalement revu quelques années plus tard, dans un resto de Montréal. C'était à la fin d'une de ces belles journées d'hiver, quand la lumière de la fin du jour, entre les voitures de la rue Saint-Denis, est exceptionnelle. On a bu un café ensemble. La même complicité écœurante, les mêmes idées, sans doute les mêmes envies. Je suis allé chez elle, dans son petit appartement du Plateau Mont-Royal. Je me sentais étranger à tout ce qu'elle était devenue, là, sans moi, au milieu de ces choses, les siennes, que personne d'autre après moi n'avait jamais déplacées. J'ai revu son lit. Tous les soirs, elle s'y endort, seule, comme peu de gens savent le faire. Son grand lit où elle se perd. Jennifer ne sourit toujours pas, n'a pas encore trouvé sa place. Peut-être ne la cherche-t-elle plus.

Il y a des filles, comme ça, qui ont peur des fins de semaine. Le travail les empêchant de retrouver leur solitude, le vendredi annonçant les congés devient un calvaire, les fins de semaine, des enfers. Il y a des filles qui peuvent travailler sans problème plus de soixante heures sans jamais s'arrêter; les vacances, c'est pas pour les gens silencieux. Jennifer est une de ces filles.

Elle a son logement, ses quelques meubles, très peu de nourriture dans le frigo. Comme les filles de sa catégorie, Jennifer est toute petite. Toute petite dans du si grand. On ne mange pas beaucoup quand on préfère passer tout son temps à dormir. C'est ainsi qu'elle occupe ses moments libres. J'aurais peut-être dû lui dire qu'il ne fallait pas dormir autant. Comme pour d'autres choses, j'ai oublié.

Chez elle, on trouve des planchers de bois franc, une douzaine de disques compacts, un laminé de Modigliani qui lui ressemble. Près du téléphone dont on ne parlera pas, elle a collé des cartes postales colorées. Son petit boulot de téléphoniste lui a permis de s'acheter quelques meubles, un faux tapis de Perse et un micro-ondes d'occasion. Dans le salon, il y a toujours le vieux bureau que je lui ai prêté autrefois. Jennifer n'est pas malheureuse, elle est autre chose.

Quand je suis venu, cette fois-là, je détonnais. Jennifer est de ces filles pour qui le réel ne doit jamais être revu. Avec mon arrivée, l'organisation de ses journées venait d'en prendre un coup. Elle m'a invité à dormir près d'elle, sur le deuxième oreiller, qui, normalement, ne sert à rien. Le réel allait donc être revu. Mais je n'ai fait que me coucher. J'ai essayé de m'imaginer cette chambre unique et nue, avec Jennifer seule dans ce lit, et me suis dit qu'elle supportait cela depuis des milliers d'années. J'ai voulu me mettre à sa place, pour voir, mais je n'ai pas fermé l'œil de la nuit. Quand on vit dans ce monde, vissé là pour l'éternité, les hommes ne font pas partie de nos envies. Des hommes, elle en a eu peu. Mais ils ont tous fini par cesser d'appeler. On ne sait pas pourquoi. Peut-être est-ce parce que Jennifer ne sourit pas assez.

Nous n'avons pas fait l'amour. Nous n'avons pas répété ce que l'on a fait si souvent, sans nous excuser. Elle m'a regardé une seconde, a vu que je ne dormais pas, puis s'est rapprochée de mon corps. Elle a compris mon angoisse. C'est tout. J'ai pensé un instant que c'était par envie, mais non. Son geste, je l'avoue, me surprend encore.

* * *

Depuis plusieurs années, Jennifer tient un journal. Elle m'en a parlé dans la conversation, mais je n'ai pas posé de questions. Son journal, c'est sa vie, c'est lui qui la tient. Je n'ai pas à m'en mêler. J'ai connu des gens pour qui c'était le travail, l'argent, les grasses matinées. Jennifer n'est pas comme eux. Elle est différente, sincère et différente. Elle n'a pas de chat, pas de plantes, pas même un de ces vieux cactus que l'on peut oublier plusieurs mois. Elle n'a rien. Ou plutôt si, elle a elle. Comme très peu de gens qui ont réussi à s'avoir eux-mêmes. Je crois que Jennifer a eu une amie, à un moment donné, mais son journal lui prenait trop de temps.

Quand je nous revois, elle et moi, c'est sous forme de souvenirs. Nous avons les mêmes. Quand on a fait un concours pour éplucher un May West avec nos dents. Ou quand on a transformé les livres de sa bibliothèque en projectiles qui frôlaient nos têtes. Ils sont encore abîmés aujourd'hui, les livres. Ensemble, on a découvert qu'un kiwi trop mûr goûtait la fraise. Ensemble, on a découvert aussi d'autres choses, comme celles qui ne se répètent pas à n'importe qui. C'est elle qui m'a appris à doser les choses, à mettre un sucre plutôt que deux dans mon café. C'est elle aussi qui, à force de regarder la vie comme elle le faisait, m'a montré que l'existence ne valait pas toujours grand-chose, qu'elle n'était pas tout le temps ce qu'on nous avait promis.

* * *

On a commencé à se voir par hasard. Nous avions dix-neuf ans tous les deux. Elle habitait tout près de chez moi. J'ai marché cent fois ce bout de trottoir qui nous séparait. C'était là la seule chose qui nous séparait à l'époque. J'ai cru en Jennifer. Je l'embrassais durant de longues heures, debout, devant sa maison, ou sur l'un des bancs du terrain de pétanque. Je l'ai fait tant de fois. J'ignore pourquoi j'ai cessé de le faire.

À ce moment-là, je travaillais dans un garage. C'était avant l'université, avant le début de mes ennuis. Nous sommes partis, sans trop réfléchir, partager un logement. Le matin, Jennifer se levait très tôt pour déjeuner avec moi. Elle buvait un café, m'accompagnait jusqu'à la porte, me faisait part de ses projets pour la journée, puis allait se recoucher. On a fait cela durant quatre années. Avant de nous laisser pour de bon. Nos meilleurs moments se résumaient à ces petites choses qui, enchâssées les unes dans les autres, font que l'on a vécu. Il n'y avait rien d'extravagant. Il n'y a d'ailleurs jamais rien eu de fou dans notre vie. Je me contentais de sa douceur, de son écoute et de son respect.

Jennifer ne demandait jamais rien. Tout, selon elle, était superflu. Elle ne faisait pas que le dire, elle le pensait, elle vivait ainsi, avec rien, comme aujourd'hui. Son journal ne passera jamais à l'histoire. Pour cela, elle est admirable. Admirable et inconnue.

Un jour, j'ai voulu plus. Cette cupidité m'a fait oublier l'essentiel. J'ai voulu trouver mieux alors que j'avais déjà tout. Je ne m'en suis pas encore remis. Déjà pris dans mon personnage, j'ai plaqué Jennifer. Je l'ai ternie, lui ai fait perdre son sourire. Pour vivre autrement, j'ai tout abandonné. Je n'ai jamais trouvé mieux. J'espère que quelqu'un, enfin, le lui a fait savoir.

CAROLINE À LA MAISON

L'enfance, c'est tout ce qui n'est pas écrit
Jacques Brel, «L'enfance»

La petite Caroline est la quatrième d'une illustre famille de quatre enfants et de deux parents fatigués. Son plus grand frère aura bientôt dix ans tandis qu'elle n'en a que trois. Le père travaille tout le temps. La mère reste à la maison, parle au téléphone avec les voisines qui ont également plein d'enfants. Sur la rue où se trouve la maison, il doit y en avoir au moins des millions, des enfants. Ça fait beaucoup d'action, et des choses à dire.

Mais Caroline ne parle toujours pas. En fait, elle se tait. Ce qui ne revient pas tout à fait au même. Parce que Caroline préfère les otites. Elle en a presque toutes les semaines, depuis déjà bien longtemps. Les otites, dans cette famille, comme la routine, font partie de la vie.

Puisque la petite ne parle pas, tout le monde s'imagine qu'elle n'écoute pas. Elle joue toute seule, sans qu'un son jamais ne se presse pour sortir de sa petite bouche tendre. Et comme elle n'a que trois ans, elle n'a que ça à faire, jouer. On se demande bien, chez les adultes, ce qui va advenir des oreilles de Caroline. On se demande: «Pourquoi elle, alors que les autres d'avant n'ont rien attrapé, à part la rougeole?» On se demande, on pense que c'est le froid intense, un virus contagieux. On pense surtout aux ouates qu'il faut régulièrement changer, au mal que ça doit faire quand on nettoie l'infection. Et puis il faudrait bien qu'elle se mette à jaser, celle-là, a une fois dit le père, en débarrassant la table.

Au téléphone, un matin où papa n'était pas là pour surveiller sa femme, maman avait avoué à une voisine que la dernière avait été de trop. C'était, il paraît, arrivé comme un accident, et puis bing! Caroline était née comme arrive un cheveu sur la soupe. À cause de ça, on n'avait pas pu faire installer la piscine. Ça coûte toujours plus cher qu'une piscine, un quatrième enfant. La petite puce, silencieuse, avait continué de déshabiller sa poupée Lucie. Elle avait tout entendu. Son désir d'être l'enfant de ces parents-là venait de s'éteindre à tout jamais. La mère, elle avait dit ça comme ça, sans trop y penser.

Un jour aussi, à cause de l'inquiétude, le père s'est fâché. Ça devait faire deux heures que Caroline se frappait la tête sur le parquet de la cuisine, comme elle le fait souvent avant les repas. Et ça exaspérait tout le monde. Le père a dit que ça commençait à bien faire, toutes ces histoires. Il a même répété ce qu'il pensait, que tout ce cirque, ce n'était rien qu'une manigance pour attirer l'attention. Si Caroline continuait, personne n'allait plus s'occuper d'elle. «On va te laisser enfermée dans ta chambre jusqu'à ce que tu te décides à parler et à te tenir bien debout comme les autres.» Bien sûr, le père n'a jamais exécuté sa menace. Même si ses cris n'ont pas fait broncher Caroline. C'était juste pour lui faire peur, pour voir si son enfant, qu'il aimait au fond, allait enfin comprendre qu'elle leur en demandait trop.

Le docteur a quand même dit qu'il fallait opérer presque d'urgence. Les bactéries continuaient de courir jusque dans la caisse du tympan. Il allait falloir ouvrir derrière les deux oreilles, et puis recoudre. Le problème est que l'intervention risquait de briser certains petits nerfs, ce qui allait peut-être empêcher Caroline d'entendre pour le reste de sa vie. Quatre-vingts pour cent de risques de rester sourde.

C'est comme ça, la malchance. Ce sont les maudits malheurs qui n'arrivent jamais aux autres, mais toujours à nous, la fatalité qui s'abat sans prévenir; les difficultés, en général, d'une famille nombreuse. L'opération pouvait surtout déranger l'harmonie du couple, la santé des autres enfants. Et puis vivre avec une enfant sourde-muette est encore moins facile que de vivre avec une enfant qui se frappe la tête sur le plancher. Enfin, ça nous fait gagner notre paradis.

La fin de l'histoire, personne ne la connaît. Sans doute parce que jamais un grand-père n'a eu le courage de l'entendre jusqu'au bout. Et puisque ce sont les grands-pères qui racontent les histoires et que personne n'écoute jamais les grands-pères...

J'AI DIT

J'ai déjà demandé à Marilou qui travaille au McDonald de la rue Sainte-Catherine de continuer d'avoir le rhume des foins parce que c'était justement ce qui la rendait belle. Elle n'avait selon moi qu'à se concentrer là-dessus quelques minutes par jour pour s'assurer d'avoir encore les yeux tout brillants de petites larmes piquantes.

J'ai déjà fait une grimace à une gang de jeunes *néo-trash-punks* de douze ans et demi qui n'arrêtaient pas de me regarder. J'ai déjà vu une jeune fille manger un *Mr. Freeze* jumbo à 7 h 30 le matin dans le métro. J'ai déjà dit à mon professeur de mathématiques vectorielles qu'elle était belle (c'est pas vrai). Mais j'ai déjà vraiment dit à Gaston Miron que l'âme québécoise avait cette étonnante tendance à banaliser les sommets qu'elle ne pourrait jamais atteindre. J'ai déjà dit à une copine du moment que je l'aimais. Je lui ai dit aussi qu'elle n'était rien de mieux qu'une pute. Puis, je ne lui ai plus rien dit. Parce que c'était vrai.

J'ai déjà lu dans le journal que les plus belles filles musulmanes de Bosnie se faisaient emmener dans les bois par les militaires serbes. Selon les témoins, seulement certaines d'entre elles rentraient à la maison. Ce même article parlait de femmes enceintes qui se suicidaient, par crainte de ne pas savoir comment élever leur enfant dans d'aussi pénibles conditions. Des femmes enceintes. J'ai dit des femmes enceintes. Mais c'est comme si je n'avais jamais rien dit.

J'ai déjà regardé huit films de cul en ligne, sur le *fast forward*. C'est quand même moins violent que tous ces films où l'on voit des gens s'embrasser (notez que ça n'a consciemment rien à voir avec les musulmanes de la guerre de Bosnie). Je me suis déjà fait poursuivre par une gang de jeunes *néo-trash-punks* de douze ans et demi à qui je venais tout juste de faire une grimace.

J'ai souvent regretté de ne pas avoir su traiter d'imbéciles des centaines de personnes qui sont passées dans ma vie. Et je crois que si je leur avais dit à quel point Dieu les avait faits idiots, à quel point ils n'étaient qu'une bande d'abrutis de premier calibre, je crois que je n'aurais pas souffert de tous ces maux de ventre. Le mauvais hasard m'avait fait les rencontrer. Et puisqu'il faut apprendre à adorer de toute notre âme cet absurde de hasard... Je me suis dit par la suite qu'il ne fallait jamais renoncer au culte de l'insulte. Que toute la beauté des choses résidait dans le fait d'être insolent.

J'ai déjà téléphoné à une vieille amie que je n'avais pas revue depuis trois ans, à quatre heures du matin, pour lui expliquer que cette fois-ci, je n'en pouvais vraiment plus.

J'ai déjà rêvé que je n'arrivais pas à sortir d'un aquarium rempli d'acide sur le couvercle duquel on avait placé une enclume. J'ai aussi rêvé, une autre fois, que je me faisais attaquer par mes deux oreillers dans le sous-sol de l'église de Saint-Vincent-de-Paul un soir où mes parents mouraient d'une splendide indigestion d'huîtres gluantes. La nuit d'avant, je l'avais passée dans les bras d'une femme, à lutter contre mon imminente misogynie.

Je me suis enfui à deux reprises du pensionnat où je demeurais durant l'enfance. La deuxième fois, j'avais téléphoné au poste de police de la région pour leur dire que ça ne se pouvait pas que la vie soit ainsi faite. Une heure plus tard, je me faisais ramener au collège par la même police. C'était l'hiver, il y a longtemps. Ma langue s'était échappée quand j'avais traité mon père adoptif de bon à rien. Il nous a vite quittés d'un coup de cirrhose.

J'ai déjà dit à des copains que c'était à cause de l'amour exubérant que des individus manifestaient à l'endroit des chats que je voulais plus que tout au monde devenir psychanalyste. J'ai déjà souhaité passer le reste de ma vie en prison parce qu'il ne s'y passe jamais rien d'inattendu et que c'est très sécurisant. J'ai dit des choses pas toujours brillantes, mais au moins, j'ai dit des choses.

Sans vraiment le vouloir, j'ai osé accuser ma mère d'avoir passé sa vie sous le rouleau compresseur de ses souvenirs, du chantage de sa famille de schizoïdes, sous la tyrannie de son frère Daniel et les mensonges de ses huit sœurs. Chez moi, on ne parlait pas beaucoup. On préférait les représailles. Par exemple, j'ai déjà vu ma mère faire abattre tous les arbres que mon père avait patiemment plantés, année après année, sur tout le terrain de devant et dans une partie de la cour parce qu'il n'était pas rentré dormir la veille. Il y en avait vingt-huit. Il n'en reste aucun. Mon père a pleuré et ma mère a fait des tartes et des tourtières. Ils ne se sont plus parlé durant presque un mois, puis mon père a recommencé à planter des arbres.

Il me semble avoir mouchardé au patron le nom de l'employé qui volait vingt-cinq dollars par semaine dans la caisse du jeudi soir. Le type en question a perdu son emploi. Il avait quatre enfants. Noël approchait. J'ai dit que les souvenirs ne devraient pas exister. Les souvenirs ou les filles. Je ne me rappelle plus.

MONSIEUR LAURENT

Un chargé de cours fou, en philosophie, autrefois, nous avait raconté une histoire à propos d'un petit garçon avec lequel il avait eu à travailler, à l'époque où il devait faire sa résidence au centre hospitalier universitaire. Il était arrivé là avec la légitime conviction de devoir à tout prix changer la pratique de la psychopathologie infantile du continent. Il ne différait pas des autres jeunes médecins.

Pour rire, les docteurs syndiqués de l'endroit avaient confié au jeune médecin la charge de Miguel. Question de le calmer un peu, le jeune bleu. On fait ce genre de coup dans tous les métiers. En guise d'initiation. Parce que les gamins qui sortent des écoles sont souvent trop imbus de théories, il est de la responsabilité des vieux de leur montrer que la pratique moderne n'a souvent rien à voir avec l'expérience et la réalité.

Miguel était un petit garçon d'à peine quatre ans. Un visage rempli de calme qui regardait partout où il

y avait du bruit et des images. Monsieur Laurent s'é-
tait fait remettre le dossier de mille deux cents pages
la semaine d'avant et le besoin d'une première rencontre s'était aussitôt fait sentir. Il était arrivé à sept
heures ce matin-là, tout bien peigné et vêtu d'une
chemise neuve qu'il avait trouvée en solde, la veille,
chez *Old River*. Un dernier café, puis Miguel, que les
infirmières venaient d'habiller pour le petit déjeuner,
serait disponible. Afin de mettre en lumière de nou-
veaux et saisissants résultats, Monsieur Laurent avait
demandé que les séances aient lieu dans la chambre.
Il était lui-même allé y placer un lit, étant donné l'importance que Miguel attachait, disait-on, à cet objet.

En voyant Miguel ce matin-là, le jeune étudiant
fut immédiatement séduit par le visage d'ange de
l'enfant. Il s'approcha du petit pour le prendre dans
ses bras, mais ce dernier s'accrocha aussitôt au tissu
tout neuf de la belle chemise pour mordre son agres-
seur à la poitrine. Monsieur Laurent laissa tomber
l'enfant sur son lit et courut en hurlant jusqu'à l'in-
firmerie. La chemise, tachée de sang, était maintenant
bonne à jeter.

Miguel mordait tout le monde. Y compris les
autres enfants. Dans la salle de jeu, il poursuivait pas-
sionnément tous ceux qui se trouvaient sur son
chemin. Il les suivait en faisant des «gnaps» et des
«grrr». Comme poussé par une force invisible, une
énergie qu'il ne pouvait domestiquer. Les habitués le
calmaient, paraît-il, à grands coups de pied. On l'attachait aussi, parfois. Parce qu'il n'y avait vraiment

rien à faire avec lui, sauf lui donner de l'amour. À l'hôpital, personne n'en avait le temps.

De l'amour, c'est ce avec quoi Monsieur Laurent revint à partir de la deuxième rencontre. Il avait déduit que si Miguel était si agressif, c'était peut-être parce que tout le monde le brutalisait pour s'en défendre. Depuis deux semaines, on avait même fait dormir Miguel en retrait des autres enfants. L'adulte s'avança donc cette fois en lui ouvrant les bras, le visage rayonnant de compassion et de la douceur plein le corps. Miguel, horrifié, se réfugia derrière l'oreiller, crispé, les mains sur la tête et le regard tendu. Voilà, le traitement allait enfin pouvoir commencer.

Monsieur Laurent parla aux grands psychiatres du rôle que lui-même, en tant que médecin, jouait comme Autre, d'entrées dans le symbolique à la suite de l'expérience du manque. Il leur parla aussi du désir et de tout ce qui en relevait. Mais on ne lui répondit pas. Les concepts qu'il croyait éclairants ne l'étaient en fait que pour lui.

Miguel repartait chez lui la fin de semaine. Son observateur en profitait donc pour prendre congé. Dès le lundi matin (Miguel rentrait à l'institut le dimanche soir), le travail reprenait. Des oursons, des chaises, des morsures, des cris, un lit, un oreiller, un couloir et une caisse de jouets. Les journées passaient, de nouvelles notes sur le travail clinique s'empilaient chaque jour. Le gamin progressait, changeait, devenait peu à peu un vrai petit garçon. Graduellement, les rencontres avaient fait naître chez lui l'envie de s'intéresser à autre chose qu'à la terreur. Miguel pouvait maintenant explorer des pots vides, ébauchant depuis peu un jargon convaincu qu'il adressait tout particulièrement à Monsieur Laurent. Le matin, le stagiaire allait directement retrouver Miguel dans son lit, un Miguel souriant, ce qu'il n'avait plus été depuis longtemps. Pendant que les infirmières le chaussaient, Miguel, en trépignant d'impatience, leur tendait les bras.

Un matin de novembre, les parents de Miguel se présentèrent au bureau du directeur de l'hôpital. Ils se plaignaient, paraît-il, du traitement que l'on faisait subir à leur fils. Ce dernier n'était plus comme avant. Il était pire, selon eux. Les parents étaient venus non seulement pour se plaindre des mauvais résultats du traitement, mais également pour retirer l'enfant de la charge de l'institution. Miguel avait la malchance d'être tombé sur des parents beatniks, qui vivaient dans les bois, avec une cabane à sucre comme maison, du feu pour préparer les repas, un ruisseau comme baignoire. Dans le dossier préparé par les psychiatres, les parents avaient expliqué que, pour protéger leur bébé du monde extérieur, papa et maman avaient choisi de le garder enfermé dans sa chambre à coucher. Le père avait barricadé la fenêtre pour qu'aucun rayon de soleil ne vienne perturber la vie «naturelle» de son garçon. Pour ce couple, les êtres humains apprenaient le mal en grandissant, à cause de l'éducation, de la télé et de l'école. À l'école, Miguel n'y serait jamais envoyé. Ses parents avaient de bien meilleurs projets pour lui. On l'emmènerait régulièrement pêcher à l'hameçon, on le ferait tisser très tôt, on lui ferait aussi construire une chaloupe dans le tronc d'un arbre. Mais pas de livres ni de baby-sitter, et surtout pas d'amis. «Ce sont les amis qui apprennent les sales mots et les cochonneries à nos enfants», disaient-ils. Dans le noir, convenablement préservé de toute influence extérieure, Miguel avait grandi. À trois ans, il entrait d'urgence à Sainte-Justine, défiguré par le chien à qui il avait voulu déchirer les oreilles.

Ce matin de novembre, le père avait décidé que Miguel serait désormais beaucoup mieux à la cabane qu'ici. Il y resterait à longueur de semaine et jamais ne reviendrait avec ces universitaires malades. Monsieur Laurent pleura, caché dans les toilettes. Les parents avaient dit, avant de partir définitivement avec le petit et ses deux sacs de vêtements, que leur fils resterait dans l'enclos, avec le cheval. Il ne pourrait pas mordre le cheval, au moins. À la longue, il comprendrait qu'il faut cesser d'être vilain si l'on souhaite sortir de l'enclos. Oui. Monsieur Laurent pleura beaucoup.

* * *

Lorsqu'il nous raconta cette histoire, on se voyait depuis un certain temps, Monsieur Laurent et moi, le vendredi soir. On allait parfois dîner ensemble. Je l'appelais même par son prénom, Jacques. C'est d'ailleurs de lui que je tiens mes hallucinantes recettes de bolognèse et de goulasch viennoise. Il disait bien m'aimer.

Jacques me parlait souvent de Miguel. Aujourd'hui, à cinquante et un an, il n'a toujours pas eu d'enfant. Pas de femme non plus. Je crois qu'il est un peu resté avec Miguel, en pensée. De la même façon qu'un homme s'enfonce dans l'épaisseur de son passé, parfois, pour l'âme d'une femme qui a cessé de lui téléphoner sans fournir de vraies explications. Jacques fêtait très souvent, presque chaque soir. On a abusé d'à peu près tout ce qui n'est pas permis, lui et moi. Je me rappelle quelques bribes du souper qu'on s'était fait, le 6 mai, en l'honneur de l'anniversaire de Freud. Nous n'étions que tous les deux et on a bu deux bouteilles de porto chacun en guise d'apéritif. Je crois qu'on n'a finalement rien mangé et je ne sais plus du tout comment la nuit s'est terminée. Le reste du temps, je me passionnais à l'écouter me raconter ses histoires impossibles, générées à la fois par sa folie, sa fougue et sa rage d'être obligé de vivre cette vie-là.

Quand il avait bu, très tard le vendredi soir, Monsieur Laurent me disait qu'au temps où il poursuivait ses études à l'Université de Bordeaux, son directeur de mémoire lui avait demandé s'il voulait, pour la recherche, se soumettre à une expérience très délicate. Monsieur Laurent, alors jeune et en confiance avec ses professeurs, avait accepté. Il me disait que l'expérience consistait en une opération assez dangereuse. Il s'agissait, en fait, de prêter sa vie à la science (mais pour la cause psychophysiologique, ou quelque chose du genre). Les chirurgiens lui avaient alors placé une plaque de métal, munie de puces et de circuits imprimés, sous l'os occipital de la boîte crânienne. Ce prototype permettait de diagnostiquer les maux psychiques des humains à distance, sans rien leur demander. Pas de questions ni de dialogue; juste un regard dans les yeux. En l'espace de quelques secondes, l'élément informatique permettait au porteur de dire si l'individu était hystérique de conversion, pervers, névrosé obsessionnel ou fétichiste, etc. L'intervention avait parfaitement fonctionné, elle était un chef-d'œuvre de fusion entre la médecine et la psychopathologie. Un succès.

Je n'ai jamais cru le vieux Jacques à propos de cette baliverne. Je le laissais boire quand il la racontait encore une fois. Il buvait, les yeux fixant le fond de son verre. La parole en chute libre. Je crois qu'il était devenu fou, ou qu'il l'avait toujours été. Je crois aussi que c'est peut-être à cause de Miguel et des grands psychiatres qui n'avaient rien fait pour le retenir que Monsieur Laurent avait subitement délaissé ses études de médecine. À cinquante et un ans, il n'avait toujours pas de femme, pas d'enfant, se contentait d'un boulot au CLSC de la région et de deux ou trois charges de cours à l'université. Il habitait un trois pièces et demie, tout près de chez moi, dans un quartier grouillant d'enfants, de mères, de mamies et de papis qui viennent le dimanche, et d'étudiants qui, comme lui autrefois, souhaitent changer la société.

CET ÉTÉ-LÀ, JE TRAVAILLAIS

Je travaillais dans un vidéoclub tous les après-midi cet été-là. Pour payer mes études, pour sortir en ville, avec mon chum et d'autres amies. À ces heures de la journée, particulièrement lorsqu'il fait beau, les clients viennent moins. Alors je m'occupais à épousseter les cassettes, à laver le parquet ou à faire un peu de rangement derrière le comptoir.

Je me souviens qu'un jour, un monsieur est entré avec son jeune garçon qui le suivait tout en marmonnant des choses très sérieuses à son *popsicle*. L'homme s'est tout droit dirigé vers la science-fiction et le petit, lui, sans regarder devant, a disparu derrière les tablettes pour enfants.

Ils étaient mes seuls clients.

Ils sont restés presque une demi-heure comme ça, à regarder les cassettes. Au début, le fils allait montrer à son père des cassettes avec les bonshommes qu'il voulait voir, et son père ne le regardait pas.

Alors il s'est mis à poser des questions; sur le monde en général. Pourquoi le ciel, pourquoi la madame elle ne dit rien, pourquoi les films, pourquoi, des fois, on ne fait pas par exprès d'échapper son verre de lait, etc. Mais le père ne répondait pas. Il lisait l'arrière des boîtiers, avait stratégiquement oublié la présence dérangeante de son enfant. Ne pas répondre était son moyen d'avoir la paix.

Le gamin a vu la distributrice de gommes à mâcher. Il a aussi vu le pop-corn. Il a réclamé. Le père, silencieux, le nez dans les tablettes. L'enfant a pleurniché, puis il a oublié les bonbons et s'est mis à chanter. Tout d'abord, il a chanté doucement, a fait tomber des cassettes, a chanté encore plus fort. Il a pleuré. L'homme l'a disputé, lui a parlé du dessert qu'il n'aurait pas ce soir, de l'heure à laquelle il allait le mettre au lit. Le petit a retenu ses larmes, mais seulement durant trente secondes, puis s'est remis à parler à son père, sans rancune. Au père muet. Muet d'avoir trop travaillé autour du gazon.

Le petit a fini par se rouler sur le tapis, en proie à une crise totale, ses poings fermés battaient sa tête. À cause de ça, l'homme a décidé que ça suffisait. Il a empoigné son fils par le bras, l'a soulevé en lui criant des mots graves de père fâché qui sort du magasin parce que son fils n'est plus tenable. Avant d'arriver à la porte, il a dit au petit garçon qu'il ne louerait aucun film parce qu'il n'avait pas été gentil d'avoir fait une telle crise au vidéoclub et qu'il lui avait fait honte.

Je les ai regardés monter dans la belle voiture rouge stationnée juste devant, avec le petit qui pleurait toujours sans respirer, et le père qui boudait derrière ses lunettes fumées.

Aujourd'hui, on en est venu à la solide conclusion que Simon est un enfant hyperactif. Autrefois, il y avait des enfants calmes et des enfants en santé; maintenant, grâce à la science, il y a des enfants calmes et des enfants hyperactifs. On ne peut rien y faire. On leur donne des médicaments pour contrôler leurs comédies. Depuis le milieu des années 1970, les parents se sont mis à avoir des enfants beaucoup trop excités. On ne changera pas le monde ni les maladies. Et le décodage des gènes ne fait que commencer. Il est réconfortant de savoir qu'un jour toutes ces vilaines maladies n'auront plus de secret pour nous. Le monde sera guéri, je suppose, et ne fabriquera plus jamais d'enfants hyperactifs.

Les enfants sous le sable et La femme harmonieuse m'ont été racontées par un ami tunisien que j'ai rencontré alors que je tentais de suivre le cours Biologie 921 au cégep de Maisonneuve, à l'été 95. Nous dînions ensemble et je le laissais me parler de son pays, sans doute comme aucun Québécois ne l'avait fait depuis son arrivée ici, il y a trois ans. Il me parla des histoires importantes connues en Tunisie. Selon lui, elles n'ont jamais été traduites, peut-être même jamais été écrites. Elles servent à expliquer le monde d'aujourd'hui, tel qu'il est. Et sont d'une incomparable beauté.

J'ai été tout simplement séduit par ce que cet ami me racontait, entre midi et treize heures trente, si bien que j'ai tout de suite éprouvé le désir de les écrire librement, à ma façon.

LES ENFANTS SOUS LE SABLE

C'est ainsi que tout a réellement commencé. Je ne veux pas dire que c'est dans ces instants de peur que l'homme s'est vu apparaître, que les continents furent séparés les uns des autres ou encore que les montagnes surgirent d'entre les arbres. Non. Mais c'est à partir de là, alors que rien n'allait plus, que tout de l'homme fut transformé.

Au temps où le sable séparait les familles des autres villages et que les routes n'étaient pas encore construites, le froid du désert rappelait à tous, lorsque le soleil se retirait du ciel, les horreurs fidèles qui, tout près, guettaient les enfants. Les hommes n'avaient rien; que la haine éprouvée envers les autres clans. Cette haine qui les avait rendus, depuis on ne sait plus quand, souffrants, maigres et malheureux. L'homme de ce temps n'avait rien. Les femmes étaient donc les meilleures choses qu'il lui restait. Les femmes. Entre villages, par des brigands, elles étaient échangées, se vendaient à gros prix. Le trafic des femmes concernait tout le monde.

Comme par instinct, toutes les filles qui naissaient étaient impunément tuées par leur père. Ces derniers partaient, leur bébé placé dans un gros sac, marcher dans le désert jusqu'à très loin, à la recherche d'un endroit qu'ils ne retrouveraient jamais. Les mères, elles, restaient à la maison et faisaient prier leurs fils, que le deuil enveloppait déjà. Le village tout entier priait. À chaque naissance, comme par un coup de violence venu du dieu, c'étaient les maisons qui priaient, les chiens qui priaient, les sentiers qui s'éteignaient, un large coin de désert qui se calmait, un carré de ciel qui s'étouffait. Le père, sans vrai courage, s'avançait alors dans le sable, sac au dos, pelle à la main. Lorsque la bonté faisait naître un fils, la fête éclatait. Parce qu'un fils ne demandait pas à être mis à l'abri des voleurs.

Les femmes à aimer n'existaient qu'exclusivement. Quand on en trouvait, leur enfance avait à coup sûr été rompue par l'enlèvement dont elles avaient fait l'objet. C'étaient des femmes tristes et ternes.

La rareté de ces belles, disons-le, préoccupait de plus en plus l'âme des chefs des villages. Aucun homme n'aurait eu assez de courage pour protéger la vie d'une seule de ses filles encore pucelles. Les attaques, les tueries, les dizaines de blessés composaient depuis longtemps les scènes du quotidien. Quand ce n'étaient pas les uns qui planifiaient d'aller voler les jeunes filles étrangères, c'étaient les autres qui devaient, jour et nuit, souvent sans succès, protéger les leurs. Les filles s'en allaient: à huit ans, à six ans, à quatre ans, parfois juste après quelques mois de vie. Et elles disparaissaient, déjà promises à un garçon mâle d'un lieu voisin.

On ne pouvait plus se prémunir contre les assauts éventuels. Avoir une fille à élever, c'était perdre sa vie. C'était terrible. Comme dans les guerres que Nostradamus a prédites pour 1997. C'était comme le feu dans les vêtements d'un être humain; comme l'aveugle à qui les gamins lancent des pierres dans le film de Luis Buñuel; comme de l'eau qu'on refuse au prisonnier ennemi; comme un enfant violé par on ne sait plus qui et qui refuse maintenant de recommencer à parler; comme une fille ordinaire qui se fait sauter par trois bacheliers durant un party des HEC et qui est trop saoûle pour se mettre à pleurer. On pensa que c'était à cause de la présence des femmes que les guerres duraient, et avec elles les comptes non rendus, les vengeances inassouvies, les orgueils qui causent l'asthme.

Lorsqu'un père n'avait pas le courage d'aller vers le désert, il s'exposait, ainsi que le village, à un massacre. Entre eux, les hommes s'égorgeaient, pour s'approprier les bébés filles que la fatalité leur avait offerts.

Toutes les générations avaient eu leurs heures de défaites et de victoires. Les jours où c'étaient les guerriers de son camp qui ramenaient une fille à marier, une fille qu'ils venaient de délicatement dilacérer des bras de sa mère, on buvait de l'alcool. Les matins où l'on apprenait que c'était la petite du voisin qui avait été enlevée, tard dans la nuit, on se taisait. Lorsqu'on avait eu la chance de survivre à l'intrusion, c'était quand même sa maison ou ses écuries qui avaient été incendiées par les brigands.

La monnaie courante pour de nombreux pères était alors de prendre le désert, un soir un peu frais, et d'aller ensevelir leur fille sous le sable, leur fille fraîchement offerte.

La vie de chacun était ruinée. C'était ainsi. Les hommes vivaient ainsi. L'espèce humaine était morte, grise, endeuillée pour l'éternité.

Dieu, qui dormait depuis quelque quatre cents siècles, se rendit un jour compte des effets de cette peste. Il se fâcha, décida que l'horreur ne pouvait plus durer et descendit sur terre sans prévenir. Il réunit tous les hommes de tous les villages sur une grande place. Ils étaient deux cent millions à écouter la décision de leur dieu conciliant. Celui-ci inventa presque sur-le-champ le concept de fraternité universelle. Ainsi, d'un seul coup, tous les hommes furent nommés frères.

Les guerres s'estompèrent dès le jour suivant. Les peuples se rapprochèrent. Les hommes se demandèrent pardon pour les choses du passé, puis se mirent à s'aimer et à rire ensemble. Aussi, on commença à sacraliser des territoires, à écrire des livres saints d'Andarz et à inventer des prières hadhra. On fit ériger des cathédrales en brins de paille, des abbayes en feu de Bengale et des mosquées de bleu vêtues. Les fêtes et les chants élogieux se célébraient en groupe, des aïd-el-séghir réguliers s'organisèrent à grande échelle et à grand déploiement.

C'est à partir de ce moment-là que les choses pour l'homme prirent une autre tournure. Plus personne ne se faisait prendre ses filles par des étrangers. Ces dernières restaient maintenant jusqu'à la fin de leur enfance auprès de leurs parents et partaient devenir femmes avec un voisin, connu et respecté de tous. Sous les pleurs des mères, certes, mais sous des pleurs cachés, inévitables et humains. Il n'y avait d'ailleurs plus d'étrangers, que des amis, des êtres chers, aimés, qui consolaient.

Si dieu n'était pas intervenu, il ne fait plus aucun doute que l'espèce humaine se serait anéantie au bout d'un temps restreint. Aujourd'hui, il ne resterait plus rien d'elle.

On ne connut toutefois jamais la pensée de dieu sur ce tournant de l'histoire. Ni s'il a éprouvé des regrets quant à sa décision de tout rétablir sur terre. On ne sait pas. Mais tant et aussi longtemps que l'homme pourra librement regarder grandir ses enfants, il nous est donné de croire qu'il vivra.

LA FEMME HARMONIEUSE

> *C'était bien avant Jésus, bien avant que la Tunisie ne soit la Tunisie, bien avant les frontières et la politique. Cette deuxième histoire se déroule il y a très, très longtemps.*

On a très peu de souvenirs de cette époque. C'était il y a deux cent mille ans.

Les hommes, regroupés en tribus, s'étaient éparpillés, de génération en génération, au cœur du désert. Dans des espaces profonds, où il ne reste plus que le sable et le vent. Là où la nuit est plus noire que nulle part ailleurs, dans des lieux où le paysage ne compte désormais plus que des horizons de dunes et de rochers travaillés.

Il y avait parmi la population des familles d'artisans, des hommes chasseurs, des serveurs du roi. De ce roi dont personne n'avait jamais vu le visage, mais dont tous avaient, à un moment ou à un autre, entendu parler; souvent avec effroi.

Les histoires de ce bout du monde étaient nombreuses. Elles se transmettaient on ne sait plus trop comment, mais avec une parfaite et constante exactitude. De tribu en tribu, les mots voyageaient, jusqu'à de lointaines contrées. Par ces histoires, on connaissait bien le roi. Chacun était renseigné de façon régulière sur le moindre de ses agissements, sur sa puissance, toujours grandissante, sur ses nouvelles conquêtes en d'impossibles terrains. Et le roi, par le même truchement, connaissait en détail la vie de ses sujets.

Les règles entre les tribus étaient strictes. Les échanges commerciaux, les ententes avec les voyageurs et les paysans voisins étaient régis par de solides conventions comme par d'autres politesses exemplaires. La loi de ce temps n'était pas encore écrite. Elle n'était pas consignée dans un grand livre, et pourtant on la sentait présente, tout le temps, comme si elle avait jadis profondément pénétré le savoir intime de chacun des hommes. Un peu comme si elle s'était lentement liée à la parole, entre les phrases et les disputes. La loi, donc, était respectée. Jamais quiconque n'aurait eu la déraison, en ce temps de paix et de chants, de ne pas s'y soumettre. À cause de la loi, de la vie qu'elle avait produite, les hommes se voulaient frères.

Parmi ces règles, il y avait celles qui servaient la norme et l'exemple. D'autres, plus nuancées, accordaient la confiance et la franchise. Et d'autres encore assuraient la tranquillité de la tribu. Il s'agissait bien sûr des lois indiquant l'attitude à adopter pour que jamais la susceptibilité du roi régnant sur le sable de ce désert ne soit mise à l'épreuve. Les tribus entre elles se soutenaient, nous le devinons, mais un seul affront dirigé à l'endroit du roi de la part de l'une d'entre elles aurait obligé toutes les autres à la renier.

La colère du roi pouvait avoir des conséquences extrêmes, selon la rumeur répandue.

Lorsqu'un homme devenait amoureux d'une belle, jamais il ne devait en parler. Si la folie s'emparait de lui, jamais, au grand jamais il n'avait le droit de la chanter, cette folie. Il lui fallait contenir avec dignité sa fougue et son désir de créer. Contenir tous les mots qui naissaient en lui, jusqu'à en mourir.

Les filles n'étaient pas de celles qui, comme aujourd'hui, peuvent être séduites par les vers ou par la beauté des paroles d'un garçon. Il leur fallait autre chose. Pas de promesse d'amour, jamais de compliments ou de paroles d'honneur; jamais non plus de descriptions de ce que la belle pouvait provoquer chez le garçon, juste par sa présence, ses yeux, sa démarche ou son passage sur le chemin. À cette époque, sur ce continent de grains de sable et de poussées de vent, les hommes ne disaient rien des femmes qu'ils aimaient.

* * *

Autour des feux, les soirs de lune, les vieux racontaient leurs souvenirs. Les souvenirs vécus ou encore ceux qu'ils avaient reçus des autres. Des souvenirs et de nombreuses histoires. La plus populaire d'entre elles était sans doute celle de l'amoureux qui, autrefois, avait tant bien parlé de la douce qu'il convoitait que le plus terrible des cataclysmes avait éclaté sur la terre. Cette histoire était celle de la femme harmonieuse et de son amoureux bavard. On la répétait souvent.

Cet amoureux, un beau jour, avait parlé à ses amis de la beauté de celle qu'il aimait, de sa grâce, de son esprit, de son regard aussi. Il en avait parlé, et parlé, et parlé, toujours avec plus d'ampleur et de lyrisme. L'histoire qu'il avait tissée autour d'elle était devenue si belle que tous se la racontaient, encore et encore. On ne connaissait pas toujours personnellement la fille dont il était question à travers ce souffle d'enfance, mais sa beauté, tous pouvaient jurer l'avoir déjà aperçue en songe. Les hommes de tout âge s'étaient épris de son éclat, de sa grandeur, de sa perfection. Il faut le dire, jamais une fille n'avait créé autant d'émoi dans ce désert de soleil jaune. Son harmonie se disait, et se redisait, de la bouche des marchands, des chefs de convois, des pères et des grands-pères. Même les enfants, pour en rêver, se la récitaient entre les heures de classe.

En peu de temps, grâce à l'ampleur de la propagation, le roi fut mis au courant de l'existence de cette incomparable. Lui qui, normalement, s'ennuyait au milieu des nombreuses guerres qu'il menait contre des peuples lointains et qu'il remportait trop facilement avec ses armées, plus grandes de jour en jour, sans que cela jamais ne lui apporte la satisfaction escomptée. Lorsqu'il entendit parler de la femme du désert, il s'éveilla. Il fit aussitôt chercher les tout premiers mots dictés à l'endroit de cette fille. De grands-pères à enfants, de dresseurs de chameaux à messagers, il exigea qu'on remonte jusqu'à la première des rimes construites autour de la femme harmonieuse. Ses efforts, au bout de plusieurs années, lui firent enfin connaître l'identité précise de la belle en question. Celle-ci habitait dans un village du Sud, aux abords de la rivière étroite.

Le roi fit immédiatement préparer ses porteurs, nettoyer ses plus beaux éléphants verts à carreaux et dépêcher ses hommes les plus efficaces, et puis, suivi de cent mille chevaux, il se rendit jusqu'au village, à la rencontre de celle qu'il avait choisie pour épouse, en secret. Toutefois, comble de malheur, on dut très vite lui apprendre que la belle, dont il était à présent enflammé, était déjà mariée depuis deux ans à un jeune prêtre. De lui elle avait eu deux superbes enfants. Elle était, paraît-il, heureuse et fière. L'élu avait été le premier amoureux qui, de ses mots, avait su la séduire.

Alors le roi, en apprenant la rumeur, entra dans une colère à laquelle même les cieux n'avaient encore jamais assisté. Il rentra chez lui, fou de rage et de désespoir, et ordonna à toutes ses armées de cesser les guerres qu'il menait et de revenir à la cité. Puis, d'un geste d'abattement, il leur commanda de se rendre au village de la belle, pour tuer tous ceux qui y vivaient. Il demanda également que soient décapités tous les vivants des autres villages des environs, et qu'ensuite on retrouve et exécute tous ceux qui avaient, à un moment ou à un autre, entendu parler de la femme harmonieuse, y compris les vieillards et les enfants, afin que jamais un seul mot sur le compte de cette belle ne se rende de nouveau jusqu'à lui.

À la fin du massacre, sept cent millions de personnes avaient été décimées par les armées du roi. Celui-ci mourut tout de même, quelques années plus tard, de tristesse, d'affliction, et de n'avoir jamais su dire d'aussi belles choses à l'endroit d'une autre femme.

Ce n'est que des siècles et des siècles plus tard que le continent se remit de l'effroyable génocide. Et c'est dès lors que les hommes comprirent qu'il ne fallait jamais, non, plus jamais, oser parler en bien de la femme que l'on aime.

LA PETITE PRINCESSE
ET LE GROS MONSTRE TOURMENTÉ

Dis-moé que c'est pas du pareil au même,
qu'on est pas toujours devant le même problème.

Plume Latraverse, «Dis-moé»

C'est l'histoire d'une princesse et d'un monstre. Les choses se déroulent dans un monde où les monstres existent, plus gros qu'ailleurs, où il y a aussi des villes et des égouts, des châteaux, des troglodytes, des spaltagawawas, des tructruchmialows, de l'asphalte mouillé et parfois la campagne, des champs fraîchement labourés, un épouvantail, des fils électriques et des poteaux qui traversent le tout. Un paradis où les autoroutes font des boucles aux périphériques, où des horreurs vivent sous les ponts, où l'on se prostitue sans remords derrière les réverbères des stationnements payants.

C'est surtout l'histoire d'une princesse qui est princesse sans que personne ne sache pourquoi. Déjà petite, elle se souvient d'avoir été princesse. Elle a grandi avec ce savoir, ancré en elle; avec cette idée qui n'a de poids que par ce qu'on en dit. C'est une toute petite princesse, avec de toutes petites mains, un tout petit cou et un tout petit visage avec des yeux tout bleus. Une vraie petite princesse avec un père toujours parti et une sœur atrocement jalouse. Elle passe ses longues journées assise sur le comptoir de la cuisine de son HLM, à attendre le monstre. Parce qu'elle et le monstre s'aiment d'un amour fou comme c'est pas possible.

Le monstre, lui, n'a pas toujours été monstrueux. Contrairement à la princesse, il a un passé. C'est dans ce passé qu'il est devenu grand et gros, qu'il a volé son premier blouson de cuir; parce que c'est un monstre qui porte un blouson. Tout de même, il est un peu trop monstre pour être vrai. Il est faux. C'est un monstre emprunté qui cherche à croire qu'il est authentique. Il y a d'autres monstres dans le secteur, des vrais. Mais il faut préciser aussi qu'il existe de faux monstres, des malheureux ceux-là. Il y en a, comme il y a de faux restaurants chinois.

Il n'a jamais mis les pieds dans une polyvalente. Il fréquente tous les mauvais recoins du bas de la ville, peint des graffitis avec des bombes de couleur. Il écrit sur les murs qu'il aime la princesse. Il espère ainsi se faire respecter. Faire comprendre aux gens que la princesse, pour lui, est l'être le plus précieux qui soit. Il écrit que c'est vrai, dix fois, cent fois, mille fois. Sur les trottoirs, sur des bouts de murs en brique, sur des palissades, sur les blocs de béton des terrains vagues, sur le tronc de certains arbres et sur les camions qui passent. Il dessine, le monstre. Il dessine sur les vitrines des magasins, les voitures, les vieilles dames qui attendent dans les abribus. Il dessine partout, tout le temps, pour rester monstre parce que de ça, il ne peut se défaire. Il est un gros monstre. Il le sait. N'y peut pas changer grand-chose. Il n'a tellement jamais su être un humain qu'il a pris au premier détour son costume de monstre au sérieux.

Personne n'a peur de lui. Bien entendu, il est très laid, on s'en doute bien. On ne se met pas à graver son amour, comme ça, partout, si on ne le sent pas menacé par le jugement d'autrui. On sait que la nuit, il fait le tour du quartier pour annoncer, en couleurs, que la princesse est là, pleine d'éclats, pour lui, et pour lui seul. En début de soirée, les enfants peuvent souvent le voir par la fenêtre de leur chambre. Ils le voient toujours courir, descendant le grand boulevard, parcourant les rues noires, avec ses espadrilles et ses aérosols. Les enfants le voient dessiner, de haut en bas, de gauche à droite, appliquer des rouges et des jaunes, sur le gris sale des édifices. Il reste sérieux. Sa gueule de monstre ne lui permet pas de sourire, sauf à la princesse. On ne l'aime pas parce qu'il vit la nuit, qu'il est sérieux et qu'il est amoureux.

Le monstre est laid, donc. Et la princesse a souvent peur qu'il lui arrive du mal quand il part, la nuit, annoncer leur amour. Alors elle pleure. Beaucoup trop inquiète pour son âge. La petite princesse pleure jusqu'à ce que le monstre revienne la consoler. Au petit matin, après son travail, il fait tout ce qu'il peut. Tourmenté, il lui dit qu'elle est belle, qu'il en fera plus la nuit prochaine. Et la princesse sèche ses larmes. Le monstre et elle se regardent. Il l'aime à lui donner toute la ville. Il attaquera bientôt les autres villes s'il le faut. Il est plein de passion, le monstre. Il ne laissera pas leur amour se briser pour si peu, pour des larmes de petite princesse.

* * *

Le monstre, il préférerait mourir plutôt que de savoir la petite princesse dans les bras d'un autre monstre ou d'un humain. Le monstre, il mourrait s'il savait que la princesse lui a déjà été infidèle. Il mourrait s'il savait qu'elle est déjà partie, une fois, chez un autre. Ce soir-là, elle a regardé des films, sur le lit du garçon, avec le garçon. Ils ont bu, aussi, et puis... et puis ils ont fait l'amour. Le monstre ne l'a jamais su. Ou peut-être si, il l'a déjà entendu dire une fois, de la bouche des autres qui se sont empressés de lui annoncer la primeur, mais il ne s'en rappelle pas souvent. Quand il y pense, il se met à dessiner, à étendre ses énormes graffitis, à l'est, à l'ouest, au sud du grand pont et encore plus loin que la voie ferrée.

En vérité, il y pense souvent. Il y pense même tout le temps. Ils se sont battus, lui et la princesse. Mais quand les mots sont allés trop loin, ils ont décidé de tout oublier, de s'aimer comme avant, d'aller jusqu'à faire semblant. C'est pour ça qu'il rapporte des marguerites à la princesse, et qu'il dessine pour elle. C'est pour oublier qu'elle n'est plus comme avant, la princesse. Pour oublier. Que les choses maintenant sont ineffables, usées surtout par cet épisode.

À cause de cela, le monstre se tue à l'ouvrage. Il s'emprisonne dans sa vie de monstre, dans son agressivité réprimée, dans les replis de son blouson de cuir. Il en est ridicule. Seuls les enfants le respectent. Il fait le monstre, de plus en plus. Moins crédible de jour en jour. Pour semer la peur. Tellement fort qu'il en perd l'envie de tout. Tellement concentré sur le fait d'être un monstre dessinateur amoureux qu'il n'est plus rien.

* * *

Le monstre a été retrouvé mort ce matin près de la cage de l'ascenseur. La petite princesse s'est rendue. Elle s'est énervée, puis a poussé le monstre en bas. C'est ce qu'elle a raconté aux policiers. Il a déboulé jusqu'en bas. Il y avait du sang dans les escaliers, sur les marches et sur les murs. Les hommes de la morgue sont venus, avec de grandes pelles, pour ramasser le corps du monstre. La petite princesse ne sera pas accusée. La population a sympathisé avec elle. Tous ont compris son geste. Ça ne devait pas être facile de vivre avec ce monstre-là.

On va enterrer le monstre demain matin, au milieu du champ de pierres. La petite princesse fait comme si elle n'était pas coupable. Mais moi je sais qu'elle ira pleurer toutes les nuits sur la tombe de son gros monstre qui ne dessinera jamais plus pour elle. Peu à peu le vent, la pluie, les grêlons vont effacer les graffitis. Mais toujours la petite princesse ira au cimetière. Elle vieillira, comme tout le monde, puis partira elle aussi dans la mort.

L'ENSEMBLE

Je fais mon lit tous les matins. Certaines choses comme celle-là, chez moi, ne font pas l'objet de remises en question. De cette façon, ma vie est bien nouée. D'ailleurs, toute ma vie est bien nouée. Ça explique que je ne sois pas encore devenu trop stupide. Ça viendra bien un jour, rassurez-vous.

Quand je dis «ma vie», je veux dire mes habitudes, les quatre chemins que j'emprunte, souvent, pour éviter les détours, les repas que je mange, les rares repas, toujours les mêmes; les enfants que je voudrais voir grandir, la femme que j'accepterais bien d'aimer, l'allure qui me rend banal, les regards que je pose, avec lesquels j'insiste, l'homme que j'ai été pendant presque onze mois, avec Marie-Hélène, et qui en est revenu changé; les parents que j'ai eus, l'horaire qu'on m'a prévenu de bien respecter, les désordres de ma chambre, les craintes qui persistent, cette démarche, ce dos voûté que j'ai, un peu; les quelques pieds carrés d'appartement que je partage avec un coloc, les lames du parquet de bois franc que j'ai cent fois comptées, analysées sous toutes leurs coupes, d'une plinthe à l'autre. Bref, ma vie.

Toute ma vie est bien nouée parce que jamais rien ne change. C'est comme ça, maintenant. C'est comme un état que j'aurais enfin mérité.

La dernière femme qui a dormi chez moi, avec moi dans ma chambre, elle n'était pas du tout comme ça. Avec elle, j'ai cessé d'être bien des choses.

Elle était particulière, cette femme. Tout le monde aurait voulu sortir avec elle à cause de sa grande beauté. Tout le monde, les hommes comme les femmes. Et c'était dans mon lavabo qu'elle se brossait les dents.

À cause de la différence, on s'est tiré les cheveux et fichu des claques jusqu'à tomber par terre, de rage, de honte et de mépris; le mépris qui reste collé. Le soir, on baisait comme des fous, mais le matin, parfois même de très bonne heure, on se battait. Notre entente s'est donc graduellement pourrie. Un peu comme un toit d'église qui commencerait à s'oxyder. Le plus redoutable est que cette femme, croyez-moi, ne finissait jamais ses phrases.

Au début, c'était fatigant. Après, on a envie de tuer tout ce qui se trouve à portée de la main. Très vite, on en arrive là. Marie-Hélène ne terminait non seulement jamais ses phrases, mais elle était victime des colères dans lesquelles elle entrait, avec moi en laisse. Elle a fait claquer les portes de la maison des centaines de fois. Elle entamait une phrase, s'arrêtait, comme si quelqu'un venait subitement de la poignarder par derrière, lançait des regards d'arrogance, et prenait la porte. Réaffirmant l'orgueil qu'elle portait comme un globe terrestre dans son sac à dos. Elle s'est défilée tellement souvent que les voisins faisaient une coche sur leur calendrier quand ils la voyaient descendre les escaliers de devant et revenir sur ses pas. Jamais elle ne pouvait se contenir. Elle me raccrochait le téléphone au nez chaque fois qu'un fil nous séparait. Mais rappelait dans la minute pour s'excuser, puis recommençait le lendemain. Sans savoir pourquoi. Elle était comme ça.

En onze mois, elle a déménagé quatre fois. Elle partait d'où elle était. Des magasins, du marché d'alimentation, de la piste de danse. Au milieu de l'épicerie, elle pouvait laisser tout en plan et rentrer chez elle. Elle était incapable d'écouter un disque au complet, de fumer sa cigarette jusqu'au bout ou de m'aimer toute une nuit. Quand elle venait me voir, il fallait aussitôt qu'elle reparte. Le matin, on se levait et elle devait déjà s'en aller, pour le linge à faire soi-disant sécher, la nourriture à ne pas perdre au réfrigérateur, les appels urgents, les choses à réfléchir dans le calme.

Subséquemment, Marie-Hélène n'a jamais pu entrer dans l'ensemble des détails qui faisaient tenir ma vie. Tout dans mon corps, dans mes solutions, mes perceptions et mes schèmes, mes réponses et mes emportements, tout tenait ensemble. Elle et moi, on a essayé de s'aimer comme tout le monde. On a essayé de mille et une façons, toujours en y croyant, avec le désir débile que cela continue pour de bon. Mais la conviction, elle, s'estompait graduellement, doucement, dans le silence que font ses pas feutrés. Les pas de la conviction.

À force de «Je voudrais te parler du... (rien), de «Tu sais, l'autre jour... (rien), de «J'aime ça quand... (rien), de «On devrait peut-être... (rien). — «Quoi? Dis-le!» que j'insistais, moi, le condamné d'avance, le perdant dont tous les journaux parlaient déjà avec respect.

Cette femme n'avait pas d'ensemble. Rien dans son existence ne tenait. Ce qu'elle disait, les souvenirs qu'elle racontait, les mots qu'elle employait n'avaient pas de sens. Ils étaient ceux d'une bientôt folle. Je l'ai remarqué trop tard. Elle s'était depuis longtemps jetée avec violence sur mon ordre, ma limpidité, mon immobilité et mon calme. Tout a fini par s'écrouler, à force de partir comme ça, sur le coup, à force de parler d'emblée, pour dire n'importe quoi, pour jeter des phrases mélangées, des choses méchantes, aussi blessantes que peuvent le devenir les compliments quand on les gonfle. À force de retours sur le passé, pour le réarranger, de réalité qui se fait délibérément remodeler, de promesses pas tenues, mon monde s'est effrité.

Mon monde, en peu de mois, s'est effondré, en poussière de ruine. D'un lit tout le temps bien fait, de chemises bien repassées, de ma vie rectiligne, Marie-Hélène n'a fait qu'une bouchée. Par ses coups de poing d'enfance étiolée, de femme explosive, de déstabilisantes contradictions, je me suis disloqué, défoncé, vidé de tout. Vraiment. Avec le jeu dramatique d'un acteur français, l'intensité d'un film bref de Duras ou d'un documentaire que Chostakovitch aurait dû tourner sur Moscou et ses environs, si seulement il en avait eu l'idée.

À l'heure qu'il est, pour moi les femmes n'existent plus. J'ai recommencé à faire des nœuds en imaginant chaque fois les phrases que Marie-Hélène aurait dû terminer, les disputes qu'il aurait fallu mener à terme, les sujets sur lesquels nous ne sommes jamais revenus. Je m'assois, le soir, et je fais des nœuds. J'en dessine sur du papier. J'en fais plusieurs, sans m'arrêter. J'en fais dans de la ficelle, dans ma tête, dans de la ficelle encore. Des soirées entières à boucler des nœuds, à surpasser, à souspasser, à tirer les bouts délicatement. Je leur fais dire ce qui n'a jamais été dit. Je leur fais être ce qui n'a jamais été. Cette manie recoud les choses.

Tranquillement, je reprends mes habitudes d'autrefois. Je retrouve ce qui n'a pas été trop abîmé, les manies qui pourraient encore servir. J'ai rapporté les bouteilles vides et j'ai mis mon chat à la poubelle. Son regard me rappelait trop celui de Marie-Hélène, quand elle avait trop bu. Je continue, je fais des nœuds. Je reste seul, sans ami. La vie revient. Quand j'étais petit, je savais déjà que la vie ne pouvait être possible qu'en étant seul. Chez moi, la vie a commencé après le départ de ma mère. Seul, mon père s'est mis à vivre. Moi, j'avais mal au ventre, mais déjà je me construisais un monde dans lequel je prévoyais un jour m'enfermer. Un monde parfait et indestructible. Ce monde, je l'ai fait et refait sans cesse. Seul. Patiemment. Comme mon lit le matin, comme la vaisselle dans l'évier ou la vie dure que je m'invente. Je retrouve mon enfance.

J'HABITAIS SEUL AVEC MA MÈRE

J'habitais seul avec ma mère. Un appartement situé loin de tout, dans un semblant de banlieue. Nous avions loué sur-le-champ, à la suite d'une brève visite. Nous avions retrouvé une illusion de calme, après la vente de la grosse maison à l'intérieur de laquelle mon beau-père avait tout bu, tout brisé, une dernière fois. J'avais quatorze ans, et ne faisais rien de ma vie.

J'étais un adolescent. Les matins de semaine, je me levais avant ma mère, me faisais du café après la douche, puis attendais que le temps passe, assis à la table de cuisine. Je ne mangeais pas. Avec mon *walkman*, j'attrapais de la musique, l'actualité dont je me fichais éperdument, les blagues des *morning-men* montréalais. J'ai connu des matins pluvieux, d'autres ensoleillés, mais toujours j'étais là, fidèle à mon heure, sans faire le moindre bruit, sans prononcer le plus petit mot. Dans le silence du matin, je buvais mon café.

C'était au temps de la polyvalente, où je n'ai jamais vraiment su m'intégrer. Je me tenais loin de la cafétéria et des foules monstrueuses. Les corridors du *professionnel court* étaient les seuls endroits sécuritaires dans lesquels je me réfugiais pour manger les éternels sandwichs au pain de blé que me préparait ma mère, la veille. J'avais peur de tout: des hommes, des femmes et des mots.

Je prenais l'autobus jaune, machinalement, sans me poser de questions. Parce qu'on m'avait dit de le faire. Parce que je le faisais depuis l'âge de cinq ans. Et que j'avais compris l'inutilité de la révolte. Je me souviens des autres, des gens qui sont peut-être morts aujourd'hui, que je ne reverrai jamais de toute façon; des adultes à qui je n'adresserais certainement pas la parole si j'avais à les revoir par hasard.

J'ai la mémoire de ce coin de rue, de l'autobus qui arrive, de nous qui y montions. Mais je ne me souviens plus quels étaient mes projets. Ils devaient être pauvres. Ils devaient être vides. Les journées passaient, avec moi, et ma mère qui travaillait, question de donner un sens à ses fins de mois. Elle avait réussi dans la vie, mais se faisait tout de même prédire son passé deux ou trois fois par semaine. Son divorce d'avec le père, ou quelque chose du genre, une blessure de sa jeunesse, avait dû la renverser autrefois. Une femme qui ne s'est jamais relevée, comme beaucoup d'humains de sa génération, qui est devenue mère, pour arranger l'avenir, et qui a raté son coup. J'en étais le fils. Je ne pensais à rien. Cela ne m'a toutefois pas donné l'envie de me teindre les cheveux en vert ou de m'installer un demi-kilo d'anneaux dans le nez et les arcades sourcilières. J'aurais pu. J'avais quatorze ans.

À 16 h 45, sans faute, je revenais chez moi. Du coin de la rue jusqu'à la porte, il y avait Mylène, qui concrétisait ma timidité. Je marchais à ses côtés, sans trop parler. Il y avait Mylène, treize ans, peut-être quatorze, à qui je souriais, poliment, à m'en blesser les lèvres. J'ignorais quoi faire avec elle, son corps de femme, ses yeux de femme, son caractère, sa voix, son être-là, près de moi qui ne répondais que des idioties, parce que je n'étais qu'un idiot. Parce que je ne savais pas, et puis parce que Mylène, elle, savait, parce qu'elle parlait, riait, marchait, son sac bourré de livres à la main. Mylène qui finirait bien par me foutre à la poubelle si je ne tentais pas bientôt quelque émouvante acrobatie.

Nous marchions elle et moi dans cette rue couverte d'asphalte, bordée d'une dizaine de semi-détachés, de chiens en laisse qui jappaient, de gazons bien entretenus et de merde de chien. Cette rue qui attendait le spectacle, qui ne me laissait jamais plus de dix minutes.

Mylène n'était pas la plus belle. Mais elle était la seule. Et surtout, il n'y avait pas d'autres garçons dans sa vie. Malgré cela, je n'avais rien de fabuleux à lui raconter. Le lundi, elle ne me demandait pas ce que j'avais fait de ma fin de semaine. Elle m'épargnait cette question. Sans doute savait-elle qu'il ne se passait jamais rien chez moi, ni le samedi ni le dimanche. Oui, elle devait savoir. Elle devait l'avoir deviné.

Les fois où j'ouvrais la bouche, c'était pour mentir. Je crois que j'ai inventé le mensonge à cet âge-là, pour m'en tirer. Mylène me faisait mal, et je mentais. Je l'ai fait rire dans ces circonstances. Je mentais pour mieux faire rire la femme que je découvrais.

Un jour, j'ai pris la décision de lui écrire. La porte de la chambre bien fermée, ma mère croyant à la solitude des devoirs, je suis resté écrasé sur le lit toute la soirée et une partie de la nuit. J'ai passé des heures à commencer et à recommencer. Ma plume avouait tout. Je veux dire que les phrases s'éternisaient, se transportaient jusqu'à elle, enivrée dans sa chambre, débauchée sous ses draps, brûlante de moi. L'emballement s'immobilisa à l'intérieur d'une belle lettre toute bien cachetée que j'ai donnée à Mylène pour aussitôt fuir son regard.

Mylène ne m'a plus jamais regardé. Les jours d'après la lettre, elle a emprunté un autre chemin.

Je ne me rappelle plus ce que j'avais bien pu mettre dans ma déclaration. Mais ce fut raté. L'année scolaire se termina trop vite, l'été passa. En septembre, Mylène avait déménagé. Elle était partie habiter avec son père. Je n'aurais plus jamais la chance de marcher auprès d'elle. J'attendais seulement une réponse. J'ai attendu placidement, comme un couillon, avec mon *walkman* autour du crâne, tous les jours que m'imposaient les semaines, pendant quatre ans. J'attendais une lettre de Mylène.

Je n'ai jamais plus écrit de ma vie. Je n'ai plus jamais acheté de papier à lettres ni de timbres. Je n'ai surtout jamais plus rien terminé par un «je t'aime».

LE PLONGEUR

Je dors tellement peu que je risque bientôt de disparaître. Il y a déjà mon esprit qui a raccourci, je ne vois donc pas pourquoi mon corps ne suivrait pas.

La preuve est qu'on passe tout notre précieux temps à s'engueuler. Chaque fois, j'en perds un peu. C'est comme ça, les relations. Je dis «précieux temps» parce que dans quelques mois il me faudra partir. En attendant, je me lève tôt. D'abord, pour aller gagner un peu de sous. Je fais des journées de huit heures et demie. Je lave la vaisselle dans les cuisines d'un restaurant. J'ai un salaire, mais un salaire qui ne remplacera jamais le temps que je n'ai pas à te consacrer. C'est pour cette raison que je me couche tard. J'ai non seulement besoin de te regarder longuement quand je reviens, mais il me faut aussi penser à me disputer pour rien. Se réconcilier demande parfois plusieurs heures. On mange ensemble, on s'embrasse quelques fois, et puis c'est déjà le moment de repartir travailler. Il y a l'autobus, le métro, puis la vilaine rue qui n'en finit pas de monter. Tout ce trajet, je dois le faire sans toi. Je n'exagère pas quand je t'affirme que les choses s'aggravent.

Je sais, j'ai raté ma vie. J'aurais voulu composer de très longs opéras. J'aurais pu trouver ma place assis à un piano. Je pense que j'aurais pu. Mais j'ai choisi de terminer mon secondaire et... de t'aimer.

Dans ma tête, il y a nos vacances. Celles qu'on a planifiées, juste pour rire, mais qu'on ne prendra jamais. Dans ma tête, il y a tout plein de ces choses qui me font rêver d'une vie moins robuste. Dans ma tête, il y a la petite femme que j'ai choisie, celle que tu es. L'experte pour les baisers au chocolat. J'aurais pu faire comme toi. Aller à l'université. C'est ce que mes parents avaient prévu pour moi. Ils ont économisé pendant des siècles pour ça, et je n'ai même pas su les rendre fiers. Ce que je voulais, moi, c'est recouvrer toutes les heures que je perds à me briser les mains dans l'eau visqueuse des fonds de cuisine.

Quand tu auras terminé tes longues études savantes, je parlerai à mon patron pour qu'il te trouve une place de serveuse. Dans la salle à manger, il y a des gens bien. Tu pourras faire comme eux. Et moi, je serai tout près, derrière les portes battantes, les coudes dans le lavabo, de la sauce plein les cheveux. Toi, tu seras propre. Plus tard, tu feras un métier propre. Comme ça, tes études ne t'auront pas servi à rien. On gagnera notre vie ensemble. Des fois, je te ferai un petit clin d'œil en passant. Mais toi, tu seras épuisée. Le samedi, on pensera au dimanche. Le dimanche, on se lèvera plus tard, on ira au parc, on regardera la télé tout le temps.

Je sais, j'ai de grandes ambitions. Souvent, tu ne me crois pas. Mais que veux-tu, j'ai besoin de m'inventer des trucs insensés sur l'avenir. Quand il y a le temps qui nous presse, un amour qui nous bouscule, des mots doux à la volée et la fin qui nous terrasse, on se fait des jours meilleurs.

LE MONDE A RAPETISSÉ

Maintenant, je trouve ça dommage d'avoir une machine à laver. L'an dernier, j'allais souvent à la laverie. L'odeur du linge mouillé, de l'eau savonneuse. Il y a une espèce de calme dans ces endroits quand il n'y a personne. J'aime mettre le linge dans la laveuse, et après dans la sécheuse, avec du «sent bon». J'ai lu des centaines de livres, comme ça, assise bien au chaud sur le dessus d'une machine qui vrombit. Des fois, il m'arrivait de laver plusieurs fois la même montagne de vêtements, pour terminer mon bouquin. Surtout ne va pas répéter ça...

J'aimais aussi aller au *Burger King* pour faire mes devoirs. La façon de ne pas être avec les inconnus m'aidait à étudier. C'était surtout très différent de chez moi. Dans les *fast-foods*, comme dans la rue l'après-midi, tu croises des millions de gens. Je me disais que ces gens allaient peut-être un jour faire partie de ma vie. Impossible de me souvenir de tout le monde. Je voyais beaucoup de jeunes. J'essayais de voir comment ils étaient, quelles bonnes idées ils pouvaient bien avoir dans leur tête. J'en regardais un, peut-être que d'ici cinq ans il deviendrait mon meilleur ami, mon chum, qui sait? Peut-être que toi, je t'ai déjà rencontré dans une foule, à Montréal durant le *Benson & Hedges* ou au *Festival de Jazz*, et puis que je n'ai pas fait attention. T'étais peut-être une de ces personnes-là, quand j'étais assise dans un *Burger King*. Tu pouvais être là, en face de moi. Et on ne s'est jamais rien dit.

Quand je repense au premier mot que tu m'as envoyé dans la classe, il y a un an. Tu étais un pur inconnu. Tu m'as donné ton mot et j'étais toute gênée. Je ne ne me doutais pas que tout cela allait arriver, que des choses aussi violentes se préparaient dans notre dos.

C'est à partir de là que le monde a commencé à rapetisser. Quand je suis arrivée à Sherbrooke il y a trois ans, tout était nouveau. Un nouveau monde, une nouvelle ville. J'aurais pu mettre la moitié d'une vie pour en faire le tour. C'est pas possible. Avec toi, tout a été trop vite. J'ai déjà l'impression qu'il faut que je m'en aille. Tout ce qu'il y avait à voir ici, maintenant, il me semble l'avoir déjà vu. Et puis j'ai pas eu le temps de me tromper sur les gens. Au début, quand tu arrives quelque part, tu te trompes tout le temps. Tu te fais des amis. Jamais les bons. Tu te rends bien vite compte que ce ne sont que des idiots. Parce que t'étais là, je n'ai pas beaucoup eu l'occasion de me tromper. Je n'ai pas eu énormément d'amis de toute façon. Je préférais passer mes journées à lire, soit au *Burger King*, soit à la laverie. J'aimais ça être toute seule, même avant Sherbrooke. Je ne fais pas confiance aux gens qui m'aiment, c'est pas nouveau, alors je garde mes distances. Je lisais dans les cages d'escaliers. Sans jamais parler à qui que ce soit. Ça ne m'intéresse toujours pas de parler, de toute façon. Tu n'apprends rien quand tu parles. C'est inutile.

Sans toi, le monde n'aurait pas à ce point rétréci. Avant, tout était réduit à mon appartement, l'arrêt d'autobus, la vie plate de ma coloc, ce que j'apercevais, dehors, par la fenêtre de la cuisine. Mais je savais qu'il y avait autre chose. Toute une vie parallèle qui agrandissait l'univers. Et je ne voulais pas aller plus loin. Je restais chez moi, tout en étant consciente que, dans ce que j'ignorais, il y avait des femmes battues, des hommes qui buvaient toute la nuit, jusqu'à dégueuler sur le trottoir; qu'il y avait des accidents de voitures, des ambulances et des corps couverts de sang au milieu des hôpitaux. Sans moi, il y avait aussi des couples qui faisaient l'amour, des gars qui invitaient des filles à passer la nuit avec eux, d'autres petites filles enfermées que j'imaginais en train de pleurer tout le temps. Je savais qu'il y avait autre chose. Et c'est pour ça que je fumais beaucoup.

Le monde était grand.

Ensuite, tu es arrivé. J'ai l'impression qu'à force de t'écouter parler, les mystères se font moins larges. Avec toi, il n'y a plus beaucoup de secrets, à part les tiens. Tu m'as parlé de la méchanceté des gens, du mensonge, des films que l'on s'invente. Les fistons qui étudient pour impressionner les parents, les trahisons, l'importance de vouloir rester femme, de ne pas aspirer à ressembler aux hommes. Tu m'as parlé des affres de l'amour, m'as fait voir comment les sentiments pouvaient servir à manipuler, et qu'il ne fallait pas toujours tout pardonner. Maintenant, je sais que derrière tout ça il y a des humains qui restent fragiles. Et quand on sait ce genre de choses, le monde, forcément, nous paraît moins grand.

Jusqu'ici tout va bien. Il faut donc arrêter d'être heureux. Parce que quand on est heureux, on ne fout rien. Je suis trop occupée pour l'instant à être heureuse avec toi. Donc, faudrait que ça chie un peu. Fais quelque chose, je ne sais pas, fiche-moi à la porte, gifle-moi, baise-moi vulgairement, mais arrête de me faire rire, de tout le temps m'inviter à danser dans le salon et puis de m'embrasser dans le cou, comme tu l'as encore fait en te levant ce matin. Arrête. Arrête de me rendre heureuse. Je vais avoir l'air d'une conne devant les amis, et puis ça va rendre ma sœur jalouse. Il n'y a plus personne qui me parle avec honnêteté depuis qu'on est ensemble, plus personne qui me téléphone. On ne s'approche pas des gens trop heureux, tu vas me dire.

Je te suis depuis le début parce que tu fais tourner la Terre dans tous les sens. Avec toi, Neil Armstrong n'est sans doute jamais allé sur la Lune, tous les films américains sont truffés de paranoïaques et ça m'excite drôlement. Au début, j'ai essayé de me protéger. Tu as quand même fait une irruption du tonnerre dans mon décor. Ou peut-être que c'est moi qui suis entrée dans le tien. Je ne lis plus. Et j'ai peur de ne pas toujours être capable d'emprunter les courbes aussi rapidement que tu le fais. De toute façon, je suis trop petite pour toi. Trop petite pour ne pas faire d'erreurs, trop petite pour ne pas te faire de mal. Alors il faut que ça cesse. Bientôt, les choses ne voudront plus rien dire. Un jour, tu vas être indifférent à tout ce passé. Et moi, ça me fait peur...

ON SERA HEUREUX

Il y a une souffleuse qui me poursuit. Elle dévore les bancs de neige derrière lesquels j'essaie de me cacher. Je dois me rendre près du mur, entre les deux voitures, là où se trouvent les plus beaux graffitis fascistes au monde. Si j'arrive à remettre la main sur la médaille de l'Indien que j'ai jetée aux ordures hier matin, dans la ruelle, juste à côté des cuisines du restaurant, je retrouverai sûrement mes esprits. Le plus dur, c'est qu'il me faut traîner la putain du coin sur mes épaules depuis qu'elle s'est fait dévorer les jambes par les ambulanciers que je croyais mes amis. Elle a tout mon argent. Impossible de la laisser tomber. Elle a quarante-cinq ans.

Je me suis vu à la télé la semaine dernière et je ne m'en suis pas encore remis. Ce n'est pas rose de se voir en noir et blanc, en train de flinguer le type du dépanneur. Enfin, difficile de discerner les innocents des coupables. Il y avait le soleil, les barres de choco-lat, les paquets de cigarettes, les boules de gomme de mon enfance; ça sentait la réglisse et les frites chaudes, le patchouli de l'employé latino enfermé dans le *backstore* et la litière à chat; j'ai tiré. Trois coups au thorax. Ma mère m'avait prévenu que c'était là que ça faisait le plus mal. «Les coups bas, c'est pour les couples qui divorcent. À la tête, c'est pour le suicide.» Voilà le genre de principe qui se transmet de mère en fils, au fil des générations. Il faut respecter les traditions. C'est ce que répétait mon père, deux fois par année, quand il revenait de la Baie James baiser sa femme et battre son fils.

Toujours est-il que si je vous parle aussi sérieusement, c'est parce que j'ai toute la flotte des déneigeuses du quartier Centre-Sud déchaînées contre moi. J'ai signé pour cinq ans la carte du Parti socialiste, et personne ne me l'a encore pardonné. Fallait bien tuer le temps. Et puis il y a Naphtalène qui ne mange pas de dessert s'il n'y a pas de chocolat dessus, qui est belle comme un homme, le cheveu court et le teint pâle. Tout le contraire de l'Indien du premier paragraphe. Lui, il a l'air d'une femme qui cherche à nier la femme. C'est une tendance singulière, je sais, mais que voulez-vous, ce sont des Indiens. C'est inscrit dans leurs gènes depuis 1978.

Donc, l'important est de retrouver la médaille, mon argent et Naphtalène. La pute, je la mettrai sans problème dans le coffre de la BMW du patron. Elle nous suivra. Naphtalène et moi, on s'enfuira aux États-Unis. On roulera jusqu'en Arizona. Là-bas, les déneigeuses sont moins féroces. Personne ne nous retrouvera. Quant à la bavure du dépanneur, on mettra la responsabilité sur le Latino. Il passe tout son temps, de toute façon, à téléphoner, caché entre les caisses de bouteilles vides, derrière la porte du réfrigérateur. C'est tout ce qu'il mérite. Les avocats feront disparaître les preuves vidéo, ce sera plus simple pour eux que de courir dans le désert, à mes trousses. La justice prendra le Latino, lui retirera ses faux papiers et l'abandonnera sur un des radeaux de son pays.

Entre-temps, je me serai laissé pousser la barbe. Je reviendrai au Québec, de temps en temps, pour bénéficier de l'assurance-maladie. Je serai père de cinq enfants. Ma femme et moi, on aura mangé la pute, fait brûler la voiture du patron avec nos vêtements à l'intérieur, et puis on aura fait l'amour plusieurs fois de suite. On se débrouillera pour ne pas se faire reconnaître; on se déguisera en Latino, en pute, en Indien ou en patron. On sera heureux, et puis c'est tout.

JEAN-SÉBASTIEN

Jean-Sébastien, c'est mon concierge. Un bon-homme assez correct, en général, sauf qu'il est sur le B.S. Concierge, c'est un boulot non déclaré. C'est pour ça qu'il le fait bien. Il en est rendu là, à ne pas être déclaré. Plusieurs logements sont sous sa respon-sabilité, dont le mien. Il vient des fois, il répare les pe-tits trucs, déneige la cour, met les poubelles à la rue, quand il ne les oublie pas. Pour ce travail, il est logé gratuitement. Un trois et demie comme le mien, chauffé, éclairé.

Il n'a jamais su faire quoi que ce soit de sérieux dans sa vie. Son ex-femme l'a foutu à la rue après dix années de cocufiage. Elle s'est barrée avec tout ce qu'ils avaient amassé, elle et lui, durant près de quinze ans. Les immeubles étaient à son nom. Jean-Sébastien n'a jamais imaginé qu'une femme pouvait à ce point être vache (il ne m'avait pas encore parlé à l'époque). Toujours est-il que, du jour au lendemain, il s'est retrouvé à la rue, dans la neige, dans la merde.

Il doit toujours de l'argent à quelqu'un. Il est pauvre, et les pauvres, on le sait, ne savent pas compter. Voilà trois mois, il m'a emprunté dix piastres pour mettre de l'essence dans sa vieille Honda. Il voulait aller voir sa fille qui étudie à Montréal et qui se charge d'achever son père d'ici la fin de l'année. J'ai perdu mon argent, il n'a jamais été voir sa fille.

Mis à part le fait qu'il ne faut pas lui faire confiance, Jean-Sébastien est un type plutôt doux. Je lui donne cinquante ans, pas moins. Quand l'immeuble va bien, il erre au centre-ville. Tout le monde l'a déjà vu là, entre deux cafés. Il connaît pas mal de gens, tous des naïfs à qui il doit de l'argent. Bref, des individus qui ne lui parlent que durant un certain temps, qui comprennent plus vite que moi.

Un jour, ça serait trop long à expliquer, on a eu une embrouille au sujet du loyer du mois de mars. On a essayé de s'expliquer, mais j'ai beau être ouvert, c'est un B.S., puis moi, un étudiant-p'tit-con. C'est pas ma faute. J'ai beau essayer de me mettre à sa place, c'est comme vouloir parler des femmes avec un Arabe, on n'a pas la même structure argumentative. On s'est disputé, il a menacé de changer les serrures de ma porte d'entrée, je me suis mis en colère. Il n'y a pas plus gentil que moi comme locataire: à part peut-être les quelques viols que j'ai commis dans le secteur l'automne dernier, je suis, je crois, assez tranquille. Jean-Sébastien m'a parlé de non-renouvellement de bail; j'ai dit que j'allais lui casser la gueule s'il ne s'arrangeait pas pour comprendre mon point de vue dans des délais assez courts. Comme tous les vieux de son âge, il ne m'a pas écouté; je lui ai brisé plusieurs dents. Tant pis. On était en ville, ailleurs que chez moi, dans un de ces nombreux endroits où l'on ne peut malheureusement pas faire tout ce qu'on veut. La police est arrivée. La bagarre avait déplacé les tables et taché le plancher de sang. Les clients me regardaient comme on regarde une crapule condamnée à se faire pendre sur la place du marché. Frapper un homme de son âge, même s'il est plus grand et plus gros que moi! Que voulez-vous? j'ai trop regardé de dessins animés violents à la télévision quand j'étais gamin, alors quand je suis contrarié, je cogne. Mon geste a été mal compris, j'ai dormi en prison sans même me faire sodomiser par un *Hell's*.

Nous étions à la mi-mars. Je devais avoir trop hâte au printemps. Je venais de célébrer, seul, mon premier mois sans Marie-Hélène. Elle m'avait planté là, un 18 février. Elle me manquait, je dois le dire, à en vomir par terre. J'ai senti en retard la pesanteur de cet échec. L'après-midi où j'ai cogné sur l'autre, ça m'a fait du bien. Je n'avais pas le moral. Je sais, j'aurais dû prévenir Jean-Sébastien de mon état d'âme. On ne peut pas tout dire. On y pense après.

MON QUARTIER

Mon quartier a été décrété le plus pauvre de tout Sherbrooke. C'est ce qu'ils ont confirmé hier midi à *CITÉ Rock détente* pendant les nouvelles. J'y habite depuis trois ans et demi (depuis que Judith m'a planté là pour aller habiter avec un autre mec), et jamais autant que cet été je n'avais remarqué ce que ça voulait dire être pauvre.

Il est vrai que le logement n'est pas cher, que le voisin d'en arrière refait la carrosserie de ses trois vieux Pontiac 1978 depuis le début de l'été, que sa femme, vingt fois plus grosse que moi, me réveille tous les matins, à sept heures, parce qu'elle hurle après ses trois enfants et son mari qui ne fait rien d'autre que de ramasser les cochonneries qu'il trouve dans les poubelles le lundi.

J'ai compris, trois ans et demi plus tard, que les petits enfants qui fréquentent l'école d'en face ne mangent probablement jamais de pommes le matin, avant de partir. J'avoue que ça m'a donné un coup.

Jamais je n'avais relié la pauvreté au meurtre qu'il y a eu l'autre hiver, dans le sous-sol du bloc vert que je vois très bien de chez moi. Jamais non plus je n'avais ouvert les yeux sur le fait que les deux gros bonshommes d'à côté restent assis dans leur balançoire à longueur de journée, qu'ils ne se lèvent pas le matin pour aller travailler et que c'est peut-être pour ça qu'ils partagent le même quatre et demie et qu'ils grossissent ensemble depuis presque vingt ans. C'est vrai aussi qu'il y a toujours des ambulances qui passent à la tonne, à toute heure du soir et de la nuit, avec leur sirène. Parce que les ambulances font toujours un détour par les quartiers pauvres.

C'est vrai tout ça, mais n'empêche que je ne me suis jamais senti pour autant entouré de pauvres. Bon, je suis étudiant, mais je n'ai pas la même pauvreté que la famille d'en arrière. Ma vie n'est pas pareille. J'ai une blonde, un chat, un pinson qui est justement mort ce printemps, un ordinateur, une télé qu'on est venu me voler à deux reprises l'an dernier et puis une vie mouvementée.

Pas eux. Pour eux, ça ne change pas. À part le chien qui est malade et la vieille qui pisse au lit, ça ne change pas.

Un pauvre, faut le préciser, déménage tous les ans. Parce qu'un pauvre, ça croit qu'il suffit de changer d'adresse pour modifier la vie. Souvent, il ne fait que changer de rue. Il part avec tous ses meubles, son Atari puis ses enfants, habiter le logement du premier étage du troisième bloc. Pas parce que c'est moins cher ni parce que c'est plus grand, mais peut-être parce que c'est le premier logement du troisième bloc, et que celui-là, il ne l'a pas encore essayé depuis la naissance du plus jeune.

* * *

Ce matin, j'ai entendu le jeune du dessous se disputer avec sa femme. Elle lui disait en criant qu'elle avait tout essayé pour l'aider et que lui n'avait rien fait pour s'en sortir, que les choses n'avaient pas changé depuis des années, qu'elle n'avait surtout plus confiance et puis qu'elle n'y croyait plus. Lui, il sortait à peine de l'hôpital. Il s'était entaillé les veines des deux poignets et cherchait maintenant un peu de compassion dans les yeux de sa femme. À cause de la culpabilité, elle s'est énervée, puis elle est partie en trombe en lui criant des noms.

Il est resté seul. Il faisait vraiment un soleil formidable. Il s'est mis en short, le torse nu, s'est assis dans les marches de l'escalier avec sa caisse de vingt-quatre qui devait être chaude, et il a pleuré. Il était seul depuis à peine trente secondes que déjà il ne savait plus quoi faire avec ses bras. Ça arrive, des fois, que même le corps est de trop. Alors, il s'est pris la tête, pour mieux pleurer. Je l'ai regardé se soûler jusqu'à ce qu'il commence à parler avec la poubelle d'en bas. Il n'avait pas envie de boire de la bière, je pense, mais il en buvait quand même. Il a parlé de la jeunesse qui était belle, de sa femme qui était encore plus belle que la jeunesse, et de lui qui était le roi des connards. C'est pas parce qu'il a essayé de se suicider qu'il est le roi des cons: c'est parce qu'il a compris qu'il n'était que le roi des cons qu'il a voulu en finir avec tout ça.

Tout le monde aux alentours l'entendait. La mère a fait rentrer ses trois enfants qui jouaient à se faire des pistes de course sur le gravier du stationnement. Parce que les plaintes de l'homme commençaient à prendre trop de place. Il y en avait d'autres qui pointaient le nez par la fenêtre de temps en temps, un peu par voyeurisme. J'étais de ceux-là. Ça ne me dérangeait pas que l'homme pleure, qu'il parle fort et tout seul. Je pense aussi que ça ne dérangeait aucun voisin de ce quartier, parce qu'ils en ont vu d'autres, les pauvres, et qu'une peine d'homme, ça doit se vivre et se crier, qu'une vraie peine comme celle-là, on ne peut pas la garder en dedans, même si c'est pour la politesse; on ne peut surtout pas en dire du mal, même si ça nous éloigne des banlieues et des bourgeois.

* * *

Je viens de terminer mon bac. Tous mes devoirs, tous mes travaux, tous mes examens, je les ai préparés soit la nuit, soit le matin très tôt, dans un appartement de ce quartier de B.S. Et j'ai la certitude qu'ailleurs, dans la paroisse d'à côté par exemple, je n'aurais jamais eu de si bonnes notes. Parce que l'été, l'hiver, même quand il pleut, chez moi, des enfants jouent à se tirer dessus, des voisins vous adressent la parole, des couples se séparent sous vos yeux, des chiens se font frapper, des accidents de voiture arrivent juste en bas de la côte, des gars soûls morts argumentent avec les clôtures, tellement soûls qu'ils arrivent même à flirter avec toi en plein jour, parce qu'ils te prennent pour une fille. Des gars que je retrouve écrasés en bas de mon escalier, à sept heures le lendemain matin.

C'est pas terrible tout ça. C'est juste la vie.

La vie à laquelle j'ai volontairement participé pendant mille deux cent soixante-dix-sept jours, sans jamais la sentir lourde, sans jamais qu'elle me dérange. La pauvreté, je viens tout juste de la comprendre. Mon quartier est un vrai quartier de pauvres.

Tout le monde ici est sincère. Il y a trois jours, on était assis sur la galerie, autour d'une table à cartes, ma blonde, moi, François et deux filles de Montréal. On discutait. Il faisait beau, chaud. Il y avait du café. On était bien. On était là, et puis le type d'en haut, Stéphane, à qui je n'avais encore jamais parlé parce qu'il habitait là depuis seulement deux semaines, s'est pointé sans dire un mot en nous offrant un joint. Pas de bonjour, pas de présentation, juste un joint. Les amis ont refusé. Moi, j'ai accepté. Parce que j'ai senti qu'il se passait quelque chose, que le moment présent, qui allait filer sans que personne ne s'en rende compte, demandait à ne pas être raté. J'ai fumé. Finalement, Marie-Hélène et Alexandra ont fumé aussi. Stéphane nous a parlé un bon moment. C'est probablement les belles filles qui l'ont attiré. Il a raconté des farces, vraiment drôles, même sans le joint, et François le relançait de temps en temps. On a ri comme des idiots et puis la soirée d'été a continué sans dire un mot.

Stéphane, aux yeux de plusieurs, est un vendeur de drogue. Tatouages, cheveux longs, bref, le pouilleux parfait. Mais c'est aussi mon voisin du dessus. Nous, on est plutôt du genre intello. Tout ça parce qu'on lit des livres. Il n'en faut pas plus, paraît-il, pour être un intellectuel. Pourtant, Stéphane est descendu finir sa soirée en notre compagnie. Et je me suis dit que le contraire aurait été impossible, qu'il n'y a pas un seul universitaire bourgeois de toute la province qui serait descendu causer avec une bande de cheveux longs qui sacrent à tout casser et qui rient fort. Parce que les intellos, eux, ne savent pas parler aux pouilleux, ni aux gars soûls, ni aux B.S., ni aux enfants des autres ou aux gros barbus qui ont des motos avec des silencieux percés. Non. Les intellos ne parlent qu'entre eux, et encore, devant une petite bière brassée dans une microbrasserie, vendue sur une petite terrasse par un beau petit serveur tout propre, cheveux courts et beau petit sourire de marionnette.

Les bourgeois ont de gros salaires, ou de bonnes notes à l'école qui vont un jour leur assurer un gros salaire. C'est sans doute pour ça qu'ils ne sont pas capables de dire bonjour à ceux qui les croisent dans la rue. Je le sais, je les ai vus l'autre soir, et ils ne regardaient nulle part ailleurs que là où ils étaient. Je le sais parce que j'étais parmi eux ce soir-là. Et que ça m'a juste donné le goût de rentrer retrouver mon quartier de fous. Là où ils ne mettront bien entendu jamais les pieds.

J'avais envie de rentrer demander des nouvelles au gars qui titubait encore ce matin, qui m'a regardé en me montrant ses poignets recousus et en me disant: «Est belle la jeunesse, pis moi, j'me suicide.» À ce même gars qui est venu me donner ses trois dernières *Molson Export*, parce que sa femme allait bientôt revenir et qu'il ne fallait surtout pas qu'elle les découvre dans le frigidaire. On va les boire, Marie-Hélène et moi, tes bières. À ta santé et à celle de ta femme qui t'aime encore. Pas à mon bac que je viens de terminer avec une moyenne à tout casser.

Le bouton d'urgence

Une poussière dans l'œil,
et le monde entier soudain se trouble

Alain Bashung, «Happe»

Nous sommes la nuit. Il a fait beau toute la journée. Chaud aussi. Le mois de mars semble enfin vouloir se rendre. Il y a le printemps. Les policiers m'amènent ici. Des gens me disent d'attendre. J'attends. J'ai laissé Marie-Hélène en pleurs, assise sur mon lit, en pyjama. Elle était comme ça lorsque je l'ai vue pour la dernière fois. Les pieds nus, les jambes croisées, le visage tout rouge et tout mouillé, son regard très bleu qui m'a soutenu jusqu'à la dernière seconde. Son regard encore dans le mien.

Je rencontre d'abord un homme. Je vois de la gentillesse dans ses yeux; il va me garder enfermé ici, jusqu'à demain matin. Il m'explique qu'il est obligé de me demander de changer de vêtements. Je pleure beaucoup. Je crie. Je me tire les cheveux, me frotte le cou. Ma trachée s'est rapetissée, le souffle, jusqu'à mes poumons, passe plus difficilement. Les choses changent, ne progressent pas. L'homme repart. Je ne suis plus comme il y a une heure. Rien n'est pareil. La porte se referme, un loquet bruyant se bloque. Je m'assois sur la seule chaise que je vois à mes côtés. C'est tout ce qu'il y a dans la pièce: la chaise, et moi. Je pense à chez moi. Je pleure. Je ne cesse de pleurer. On me surveille avec des caméras. Impossible de les atteindre. Sinon, il n'y a rien. Aucun interrupteur, aucune poignée de porte. La pièce est entièrement vide. Je suis presque nu. Étourdi, je m'écrase par terre.

* * *

Il sera bientôt quatre heures du matin. J'ai peur. Peur de déranger. Peur de ne pas entrevoir toutes les conséquences de ma présence ici, dans cette pièce. Je sonne. Une petite lumière au mur s'allume. Elle s'éteint. Un peu de nervosité s'empare de moi. Je tremble. Personne ne vient. Voilà deux heures que j'attends que quelqu'un m'aide. Je veux parler à quelqu'un d'intelligent, qui me posera les bonnes questions. Mais je ne me sens pas la force de l'exiger. Je sonne de nouveau. Les minutes s'éternisent. Une femme en uniforme blanc ouvre finalement la porte d'un centimètre. Je la dérange. Je m'excuse, explique que je m'ennuie, que je n'arriverai pas à dormir. Je le sais, c'est tout. Sévèrement, comme une maîtresse d'école, elle me rappelle l'heure. Précise également qu'il n'y a rien d'autre à faire à une pareille heure de la nuit, puis referme.

La lumière blanche s'éteint. Elle voulait m'enseigner que tout le monde, dans la ville, dort à cette heure-ci. Je me retrouve dans le noir. Je rage. Resonne. Une autre dame vêtue de blanc arrive. Je veux m'en aller. Elle voit ma colère. Je me dépasse, donne un coup de pied sur la chaise. Elle me trouve agressif. Ses mots me reprochent d'être aussi violent. Elle ne décode rien. Je ferme les poings, fais entrer mes ongles courts dans mes paumes. On m'entend. Bientôt, trois autres personnes arrivent. Je me tiens au fond de la pièce, le dos au mur. Je suis prêt à bondir. Eux aussi.

Je pleure, les mains au visage, le corps plié. Je ne suis pas un imbécile, que je leur dis. Je ne suis pas venu ici pour me faire dicter la morale. Je leur crie que je sais parfaitement pourquoi on me garde enfermé. Et que je sais parfaitement que tout le monde dort, la nuit, sauf moi. J'insulte l'autre conne de tout à l'heure. Je parle fort. Je répète que je veux partir d'ici.

Mon sort est désormais entre les mains de ces gens. On arrive parmi eux comme on va n'importe où, mais on ne s'en défait pas du jour au lendemain. J'oublie cette logique. Je leur parle des images. Des scènes qui me font hurler. Je demande qu'on m'enlève le cerveau. Je ne veux plus les voir, ces scènes. Je donnerais tout mon avenir pour vivre une semaine sans elles. Les infirmiers me regardent. Je crois qu'ils ne comprennent pas bien. Je dis les pensées. J'explique. Mais on décide maintenant que je suis trop agité. Je laisse tomber l'espoir qu'ils m'écoutent.

Je les supplie de faire quelque chose, de me venir en aide. Je veux mourir. Voilà en outre une des choses qui se font très bien la nuit. Spécialement à quatre heures du matin. On me tend un médicament. Je veux parler à quelqu'un, le plus vite possible. Les mots sont là. Il me faut les prononcer immédiatement. Je crains de ne plus pouvoir le faire demain. J'avale le comprimé.

Le médecin va me rencontrer dès huit heures. Si le budget le permet. On me le promet. Je n'ai pas confiance. Il reste encore quatre heures. Un siècle. Je dois essayer de dormir. Obligé. Je n'ai qu'un drap blanc. Une civière qu'on vient de faire entrer. J'ai eu froid, puis chaud. Je suis maintenant désespéré. Je ne le cache pas. Je veux repartir. Je veux m'enfuir. Prendre un bain, les veines taillées, les poignets défaits, l'eau chaude qui se gaspille, en abondance. Et le sommeil enfin.

TABLE

Achevé d'imprimer en avril 1996
chez Ginette Nault et Daniel Beaucaire
à St-Félix de Valois, Québec